Philippe Claudel

# An meine Tochter

Roman

Deutsch von Christiane Seiler

Rowohlt Taschenbuch Verlag

Die Originalausgabe erschien 2000 unter dem Titel
«J'abandonne» bei Éditions Balland, Paris,
ab 2005 bei Éditions Stock, Paris

Deutsche Erstausgabe
Veröffentlicht im Rowohlt Taschenbuch Verlag,
Reinbek bei Hamburg, August 2006

Redaktion Bettina von Bülow

Umschlaggestaltung any.way,
Barbara Hanke / Cordula Schmidt
(Illustration: Panne de Rire,
Gemälde von Bob Lescaux [geb. 1928],
Privatsammlung / Bridgeman Giraudon)
Satz Stempel Garamond und Van Dijck
PostScript (PageOne)
Gesamtherstellung Clausen & Bosse, Leck
Printed in Germany
ISBN 13: 978 3 499 24236 6
ISBN 10: 3 499 24236 2

Johann Sebastian Bach, Präludium Nr. 3 in Cis-Dur, BWV 872, gespielt von Glenn Gould, pausenlos.

Ich öffne die Augen.

Neben mir, in dem kleinen Raum, den wir den *Beichtstuhl* nennen, sitzt mein Kollege. Vor kaum fünf Minuten hatten wir einen sehr erregten Wortwechsel. Nur mit Mühe besänftigt er seinen Zorn, setzt wieder den Gesichtsausdruck auf, den wir uns immer zu Eigen machen, wenn wir jemanden, einen *Patienten*, wie er es nennt, empfangen: ein glattes Gesicht, auf dem jegliche Gefühle der Sympathie oder des Ärgers fehlen. Uns gegenüber sitzt eine Frau. Sie ist gerade erst eingetreten, und wir haben ihr die Nachricht übermittelt. Sie ist drei oder vier Sekunden lang stehen geblieben, hat die Hand auf die Rückenlehne des Stuhls gelegt, den wir für sie vorbereitet hatten, dann ist sie schreiend darauf zusammengesunken.

Wir sind *Hyänen*. Das ist der Name, den man uns in dem kleinen Kollegenkreis, in dem wir arbeiten, gegeben hat. Ich hasse diesen Namen. Er peinigt mich Tag und Nacht. Unsere Aufgabe besteht darin, Familien, die soeben einen nahen Angehörigen verloren haben, darauf vorzubereiten, einer speziellen Bitte nachzukommen. Wir teilen ihnen das Ableben ihres Angehörigen mit und versuchen gleichzeitig, oder fast gleichzeitig, von ihnen die Einwilligung zu erhalten, dem Leichnam diverse Organe zu entnehmen.

Ich bezweifele, dass es diesen Beruf zu deiner Zeit noch geben wird, ich meine, wenn du zwanzig Jahre alt sein wirst. Ich bezweifele, dass es ihn in der Art, wie wir ihn heute, sozusagen als Amateure, ausüben, noch geben wird. Übrigens tut sich auch die Verwaltung schwer mit unserer Stellenbeschreibung: Auf meinem Gehaltsnachweis steht «Psychologe», auf dem meines Kollegen «Therapeut». Das will nichts bedeuten. Alle Welt schreckt heutzutage davor zurück, die Dinge beim Namen zu nennen: Ein Blinder ist ein Nichtsehender, ein Fernsehmoderator ein Künstler, und Tote werden bald Nichtlebende heißen. Wir sind *Hyänen*, das ist alles. Auch wenn der

Name mich abstößt, so glaube ich doch, dass er das, was wir sind, noch am besten bezeichnet.

Die Frau weint. Verständnislos, mit offenem Mund sieht sie uns an, in ihren Augen steht eine große Frage, die man Gott stellen müsste, falls es ihn gibt, aber nicht uns. Wir haben keine Antwort. Wir haben keine einzige Antwort. Wir haben ihr gerade mitgeteilt, dass ihre siebzehnjährige Tochter vor einer Stunde und vierunddreißig Minuten im Krankenwagen des Rettungsdienstes gestorben ist, nachdem sie von einem Auto auf Höhe der Hausnummer 118 des Boulevard des Italiens überfahren worden war. Kurz zuvor war sie aus ihrem Gymnasium herausgekommen.

Wir lassen sie weinen. Wir sagen nichts. Weinen lassen ist unsere Methode. Wir haben Zeit.

Mein Beruf quält mich. Es gibt zu viel, was mich quält. Wie dieses Plakat, das ich vor einigen Tagen in der Metro gesehen habe und das ich unmöglich übersehen konnte, weil es etwa vier mal drei Meter groß ist. Es zeigte eine überdimensionale Herrenunterhose aus weißem Baumwollripp: Durch den Stoff hindurch konnte man sehr deutlich die Form der Hoden und des erigierten Gliedes sehen. Die weiße Unterhose hob sich von einem schwarzen Hintergrund ab. Nichts anderes war zu sehen, weder Bauch noch Schenkel. Nur der Werbeslogan *«Bigard gibt volles Rohr»* gab dem Bild eine Erklärung. Eine groteske, vulgäre Erklärung, eine Art Pornographie der Dummheit, die man mir aufzwingt, die man mir zusammen mit Millionen anderer Menschen aufnötigen will. Das alles gibt mir das Gefühl, ein Fremder zu sein, ein Mann, der die Straßen und Wege, auf denen seine Mitmenschen täglich in Scharen sich drängeln, nicht mehr wiedererkennt. Ich glaube, ich will ihnen nicht mehr hinterherlaufen.

Du bist gerade einundzwanzig Monate alt geworden. Deine Achataugen sind ständig in Bewegung, als wollten sie nichts verpassen, alles sehen, alles, was um dich herum ist, erfassen. Und ich, es kommt mir so vor, als würde ich jeden Tag vor dir weglaufen, obwohl du mein einziges, großes Wunder bist. Heute Morgen habe ich dich geküsst, und als ich dich küsste, habe ich gedacht, ich würde dich vielleicht nie wieder sehen. Gegenüber allem anderen bist du immer noch viel zu schwach, obwohl du so schön und arglos bist.

Das Plakat, das ich in der Metro gesehen habe, wirbt für eine Vorstellung. Der Mann, der *volles Rohr* gibt, ist ein Komiker, den ich vor einigen Wochen im Fernsehen gehört habe, während ich dir deinen Nachtisch fütterte. In der Sendung sprach er von seiner Vorliebe für «Wildschlampen», die er viel besser fand als «Zuchtschlampen», und er ermahnte sein Publikum, misstrauisch zu sein, genau hinzusehen, vor allem zu schnuppern, denn eine «Wildschlampe» habe einen verdammt strengen Geruch, eine «Zuchtschlampe» hingegen rieche nur künstlich, sie bewege sich nicht genug, ihre Kehle sei nicht tief genug und sie ermüde schneller.

Das Publikum im Aufnahmestudio lachte Tränen. All diese Leute freuten sich, dass sie im Fernsehen waren, und hatten extra ihre Sonntagskleidung angezogen. Der Augenblick wurde von zahllosen Videorecordern aufgezeichnet, und jahrelang würden die Kassetten an nostalgischen Abenden und auf Familienfeiern immer wieder vorgeführt werden. Auch die Frauen lachten, ohne sich zu fragen, in welche Kategorie der Komiker sie wohl einordnen würde, in die der «Wildschlampen» oder die der «Zuchtschlampen».

Der Moderator lachte in einem fort. Das war sein Beruf. Seit Jahren zeigte er das immer gleiche Lächeln, anscheinend zwang er sich ständig dazu, wodurch es paradoxerweise schließlich sehr natürlich wirkte. Ich glaube, es handelte sich um Michel Drucker, aber ich bin mir nicht wirklich sicher, denn gleichzeitig gab ich dir zu essen, und du hast nie Hunger, sodass ich immer neue Geschichten und ganze Romane erfinden muss, um dich von der Nahrung abzulenken, die du nicht hinunterschlucken willst. Ich war also nicht besonders aufmerksam.

Neben ihm war ein Sänger, Jean-Jacques Goldmann, der ebenfalls über die Einteilung der Frauen in zwei Sorten von «Schlampen» lachte. Derselbe Mann geht auf Tournee, um Geld für die Armenspeisung zu sammeln. Zusammen mit anderen Sängern und Künstlern veranstaltet er Benefizkonzerte, damit alle, die Hunger haben, Alte, Kinder, Männer und Frauen, egal ob Schlampen oder nicht, während des Winters etwas zu essen haben.

Ich bin vor kurzem dreißig Jahre alt geworden. Heute Morgen, während ich mich zum Weggehen fertig machte, hast du mich mit deinen riesigen Augen angesehen. Deine kleinen Hände streichelten meine Wange. Im Mundwinkel klebte dir noch etwas Brei, er roch nach Apfel und Kirsche und blieb auf meiner Nase hängen, als du mir einen Kuss gabst. Du hast sehr laut gelacht. Und ich habe mich gefragt, in welche Welt ich dich hineinschleudere, während ich mich hinausstehle.

Als ich an jenem Tag an der Station Châtelet aus der Metro stieg und vor mir dieses große Plakat sah, blieb ich wie angewurzelt auf dem Bahnsteig stehen. Ich weiß nicht, wie lange. Mir war zum Weinen zumute, weil ich mich plötzlich schämte, als wäre ich allein für diese Obszönität verantwortlich.

Ich spürte keinerlei Aggressivität und wunderte mich darüber. Ich hätte es bei weitem vorgezogen, den Mann, der sich das Plakat ausgedacht hatte, zu hassen, hätte liebend gerne meine Kraft zum Weiterleben aus dem Abscheu gegen diesen Mann geschöpft, der die Show und den Slogan entwickelt hatte, der die Fotografie gemacht und dem Fotomodell gesagt hatte: «Aber nein, Coco, er ist zu schlapp, man sieht deine Eier nicht deutlich genug, Scheiße nochmal, mach dich ein bisschen an, denk an die

Schlampen, ganz egal, ob wilde oder gezüchtete, die Straßen sind voll mit ihnen, und rück deinen Schwanz gerade, mach schon, er hängt zur Seite, ich will ihn gerade haben, gerade, sage ich, und steif!»

Ich weiß nicht, was plötzlich über mich gekommen ist, dass ich solche Gedanken hatte, die angesichts des Plakates in Wellen, riesigen Wellen wie aus einem Abwasserkanal, aus mir herausbrachen.

Seit einiger Zeit sehe ich nicht mehr dasselbe wie die anderen und lese ich nicht mehr auf dieselbe Weise. Mein Kollege sagt zu mir: «Du spinnst komplett.» Schwindel erfasste mich, der Schwindel meines ganzen Lebens, ich sah dein zartes Engelsgesicht und die Form deiner schmalen Schultern, ich roch den Geruch bei deiner Geburt, denn du warst noch vor nicht allzu langer Zeit in der dunklen, feuchten Wärme der vorzeitigen Nacht gewesen, jener schönsten aller Nächte, in die ich mit größtem Vergnügen zurückkehren würde.

Ich schwankte auf dem Bahnsteig angesichts des Plakates mit der riesigen, ausgebeulten Unterhose, die mir vorkam wie das Leichentuch eines früheren Lebens.

Ich sagte mir selbst, ich könne nicht mehr weitermachen. Das Plakat ließ mich begreifen, dass dies nicht mehr meine Welt ist, dass ich in ihr keinen Platz mehr habe.

Eine Frau, etwa fünfzig Jahre alt, blieb stehen, sie wirkte leicht erschöpft, ihre Augen suchten die meinen. Sie sagte einige Worte zu mir, die ich nicht verstand. Sie legte ihre Hand auf meine Schulter. Meine

Stirn war mit Schweiß bedeckt. Sie hielt mir ein Papiertaschentuch hin. Legte es in meine Hand und ging weiter.

Mir scheint, die Frau uns gegenüber sieht ihr etwas ähnlich. Sie weint. Sie hat auch ein Papiertaschentuch in der Hand. Sie dreht es zusammen, drückt es wie einen kleinen Körper. Sie zerreißt es, stöhnt. Mein Kollege hat sich noch nicht beruhigt. Ich sehe, dass seine Kiefer sich verkrampfen. Seine Hände klammern sich um die Metallrohre seines Stuhls. Ich weiß nicht, ob das alles nicht sogar mit einer Schlägerei geendet hätte, wenn die Frau nicht leise an die Tür des *Beichtstuhls* geklopft hätte. Er stand kurz davor, mich zu schlagen. Er hatte bereits seinen Stuhl ergriffen, hatte ihn über meinem Kopf geschwungen und mich als «kaputten Typen» beschimpft.

Viele Gedanken prallen in meinem Kopf gegeneinander. Eine wirre Mischung. Ich versuche, Ordnung hineinzubringen. Das ist ziemlich schwierig. Als ich gestern Abend in die Wohnung zurückkehrte, hast du geschlafen. Wenn du schläfst, habe ich immer Angst, du könntest sterben, und zugleich hoffe ich es manchmal. Dann fiele mir das Fortgehen weniger schwer. Wir wären endlich alle drei wieder vereint. Im blauen Halbdunkel deines Zimmers habe ich dich lange angesehen, ohne ein Geräusch zu machen. Ein Arm lag ausgestreckt neben deinem Kopf, manchmal bewegten sich deine Finger, als versuchten sie, Stücke deines Traumes festzuhalten. Ich küsste dich dreimal auf die Stirn, dann schloss ich wieder die Zimmertür.

Die Babysitterin lag ausgestreckt auf dem Wohnzimmersofa und sah sich Videoclips an, in denen Sänger mit Gesten wie Hampelmänner auf ausgebrannte Polizeiautos zeigten. Der Text des Liedes besagte, die «Gesellschaft gehöre auf den Schutt», «die Bullen gehörten platt gemacht», «die Bürger seien pappsatt» und man müsse sie alle «kaputtmachen». Die Babysitterin schüttelte ihren Kopf im Rhythmus der Musik und sang einige Worte am Ende der Verse mit: «Schutt ... platt ... pappsatt ... kaputt ...» Sie hatte Hamburger und Pommes frites gegessen, und im ganzen Zimmer stank es nach Zwiebeln, kaltem Fett und Soße. Auf dem Bildschirm vollführten die Mitglieder der Band immer noch ihre Verrenkungen und betasteten durch strahlend weiße Jogginghosen hindurch ihre Geschlechtsteile.

«Ach, Sie sind's!» Sie setzte sich auf, lächelte mich an, und wieder einmal sah ich ihre unteren Schneidezähne, in die sie sich zwei ihre Giftzähne fletschenden Schlangen hatte eingravieren lassen. Dann berichtete sie mir Neues von dir: «O Mann, wenn Sie wüssten, die Kleine war heute Abend *total stressig* vor dem Einschlafen. Keine Ahnung, warum! Dann war sie ruhig, auf dem Sofa, wie mit Valium, als Joe Star im Fernsehen war. Der Typ ist *echt geil*! Krass cool! Das Baby war total gebannt. O. k., ich muss los ... Damit ich sie nicht verpasse. Heute ist doch Freitag!»

Ja, Freitag. Die Babysitterin stand auf, nahm ihre Rollerskates, hinterließ mir die Überreste ihrer Hamburger und einige kalte Fritten auf dem Wohnzimmertisch. Ich begleitete sie zur Tür und gab ihr den Hundert-Franc-Schein, den sie verdient hatte, während sie süßlich riechende Nahrungsmittel in sich hineinschlang, von Zeit zu Zeit ein Auge auf dich warf und dabei ununterbrochen Rapmusik hörte.

Ich habe die Tür geschlossen und mich dabei gefragt, wie sie diese zigtausend Menschen überhaupt hätte verpassen können, die alle waren wie sie und die aus allen vier Himmelsrichtungen von Paris zusammenkamen, um jeden Freitag stundenlang nebeneinanderher zu skaten, eskortiert von Polizeiautos und Krankenwagen.

Einmal habe ich sie gesehen, vor fünf Wochen. Bis dahin wusste ich nicht einmal, dass es so etwas gab. Wie die Armee eines kommenden Zeitalters zog der große, bewegliche Wurm auf dem Boulevard de Sébastopol an mir vorbei, behelmt mit fluoreszierendem Plastik, Knie und Ellbogen verdickt mit festen Schutzschalen. Mir scheint es, als wäre kein Wort gesprochen worden, als hätte man nur das leise Quietschen Tausender Gummirollen auf dem Asphalt und einen regelmäßigen Rhythmus gehört.

Denn alles an ihnen war regelmäßig, regelmäßig und zugleich exaltiert, wie ihre Augen, die am Rücken ihres Vordermannes hingen. Diese Ordnung, diese Disziplin, dieses sprachlose Vergnügen machten mir Angst, ließen mich gefrieren. Ich dachte, diese lange Schlange, die einmal wöchentlich entstand, könnte sich genauso gut durch Paris wie auf einen Abgrund zu winden, und keiner von denen, die sie bildeten, würde etwas, kein Sterbenswörtchen, sagen, wenn er hinunterstürzte. Es schien mir, als sähe ich eine riesige Herde unter dem Einfluss einer unbekannten Droge. Ich dachte an winzige Wesen, an mechanische Soldaten, die zurzeit kein Gewehr hatten und munteren Schrittes unterwegs waren, um den Kult eines noch abwesenden Anführers zu begehen.

Ich war erschrocken. Furchtbar erschrocken. «Du bist vielleicht bescheuert», sagte später mein Kollege zu mir, «das muss doch nett sein, bestimmt lernt man lauter neue Leute kennen!» Kennenlernen unter Zehntausenden.

Ich musste in eine Bar gehen, um etwas Starkes zu trinken. Die Kellnerin schenkte mir eine *Suze* ein. «Sie sehen so aus, als bräuchten Sie jetzt eine *Suze*!», sagte sie, als ich unschlüssig war, was ich wählen sollte. Mit geschlossenen Augen trank ich das bittere Gebräu. Vor mir sah ich Wiesen, Almen, übersät mit gelben Blumen. Deine Mutter liebte den Enzian sehr. Sie sagte immer, diese Blumen seien so einsam, das sei sehr ungerecht.

Vor dem sich schlängelnden Leichenzug blinkten die Blaulichter der Polizeiautos, um die Straßen frei zu machen, falls es nicht ihre eigentliche Aufgabe war, den Leichenzug einzuschließen und zu lenken, damit er tat, was sie wollten. Und hinten, ganz am Schluss, lasen die Rettungskräfte der Feuerwehr die Verletzten auf, verbanden zerschundene Knie und zerbeulte Köpfe, trugen vielleicht die Toten fort, denn ich war felsenfest überzeugt, dass es Tote geben musste und dass man diese Toten schleunigst versteckte, unter Kanaldeckeln oder in den Klohäuschen aus Plastik, die Jean-Claude Decaux an alle Stadtverwaltungen Frankreichs verkauft und so die eleganten Pissoirs aus Guss- und Schmiedeeisen ersetzt hat, die es nur noch auf den uralten Fotografien von Marville zu sehen gibt.

Dicke, schwere Tränen laufen unaufhörlich über das Gesicht der Frau, die uns gegenübersitzt. Ich sehe, wie sie sich am unteren Augenrand bilden, dann über ihre Jochbeine kullern und schließlich auf ihren Wangen verlaufen, wo sie glitzernde Spuren hinterlassen. Sie schaut zu Boden, als wäre dieser Fußboden unermesslich weit entfernt. Mein Kollege stellt die Beine nebeneinander, kreuzt sie dann langsam wieder und passt dabei auf, dass er die Bügelfalte seiner Hose nicht zerknittert. Jetzt presst er seine Kiefer nicht mehr aufeinander, als wollte er sie zerbrechen, aber an bestimmten Anzeichen, vor allem an einem leichten Zucken in den Mundwinkeln, erkenne ich, dass er unseren Streit noch nicht vergessen hat.

Schließlich leerte die Kellnerin den Rest der Flasche in mein Glas und steckte sich eine Zigarette an, eine *Gitanes* ohne Filter. Dein Großvater hat die Gleichen geraucht. Er ist daran gestorben, vor langer Zeit. Damals war ich selbst noch ein Kind, aber ich erinnere mich an seine Kippen, die nach Tabak und Urin rochen und deren Papier im Aschenbecher, einem Werbegeschenk von *Ricard*, durch die Berührung mit den Kräuterteebeuteln seine Farbe verlor. Wir wohnten im 20. Arrondissement, in der Rue des Amandiers. Die Straße gibt es nicht mehr, jedenfalls nicht mehr so, wie sie aussah, als ich fünf Jahre alt war und mit ein paar anderen Jungen über ihr Kopfsteinpflaster rannte, dass die Mauern wackelten. Seitdem sind zwischen Bauschutt und Brachland viele neue Gebäude emporgeschossen, hinter Bauzäunen, die mehrere Spekulationsobjekte und Schandflecke des Städtebaus so gut sie konnten verbargen. Das Viertel schmückte sich mit uniformen Fassaden. Ich gehe fast nie mehr in diese Gegend. Meine verlorene Vergangenheit ist nur noch ein großer Schutthaufen.

«Ich sehe an deinen Augen, dass du mich bumsen willst», sagte die Kellnerin zu mir, als ich an meine zerstörte Kindheit dachte, an deinen kleinen Bauch, den du windest wie ein Schlangenmensch, wenn ich deine Windeln wechsle, an einen Maihimmel über dem Friedhof Père-Lachaise, als ich zehn Jahre alt war und ein Kumpel mich zu einigen frisch aufgeworfenen Gräbern mitgeschleppt hatte, die, wie er versicherte, ganz bestimmt «nach Leichen rochen». Damals hatte der Tod etwas Anziehendes für uns. Ein merkwürdiges Wunder.

Das Gesicht der Kellnerin sah aus wie verblühter Mohn. Vom Alkohol und Zigarettenrauch wurden meine Lippen rissig. Draußen waren die letzten Windungen des großen Rollerskater-Wurms verschwunden, und die Autos nahmen ihr Reich wieder in Besitz.

Es gab keinen anderen Gast mehr. Sie ließ das Eisenrollo herunter. Zu Fuß bin ich mit ihr bis zu ihrem Zimmer in Vincennes gelaufen. Wir gingen viele Kilometer. Ich war betrunken. Ich fror. Ich war verloren in meinem Schmerz. Dachte an deine Mutter. So gingen wir wortlos durch Paris. Manchmal bewegten sich große, zerschnittene Kartons auf dem Bürgersteig. Unter diesen eigenartigen Bettdecken schliefen Menschen. In Paris gibt es Tausende von ihnen.

Ohne noch Worte zu verlieren, haben wir unsere Körper vereint, in einem in der Mitte durchgelegenen Bett. Die Kellnerin hielt die Augen geschlossen, als hätte sie an jemand anderen gedacht, als ich in ihr kam. Ich betrachtete das verschwitzte Abbild Johnny Hallydays an der Zimmerwand. Er sah aus wie ein moderner Christus ohne Dornenkrone und mit einer Gitarre anstelle des Kreuzes. Unter seinem Gesicht stand der Satz: «Entzünde das Feuer!» Ich habe überhaupt nichts entzündet. Ich führte Bewegungen aus, die mich einige Überwindung kosteten. Draußen hörte ich die Schreie zweier Araber, die sich in ihrer Sprache des Sandes beschimpften.

Du wirst sehen, die Liebe kann sehr schön oder auch sehr bedeutungslos sein, wie eine Spitze, die einen Stoff verziert und zu etwas Wunderschönem macht. An diesem Abend war die Liebe sehr hässlich. Aber es war auch keine Liebe. Nur körperliche Verausgabung, ein Missverständnis. Die Kellnerin setzte sich in ihrem Bett wieder auf. Sie zog sich das Laken über die Brüste, griff nach der Schachtel Gitanes, und schwerer Rauch zog durch das ganze Zimmer. Sie sah mich an und sagte:

«Bisschen eng, was? Trotzdem, du hast ihn mir super reingesteckt ... Aber weißte, keine falsche Scham, hättest ruhig auch von hinten können, *no problem* ... jetzt machste aber Augen! Kapierst nicht? Von hinten, *von hinten bumsen, arschficken* eben! Aber arschficken, das Wort mag ich nicht, ist zu vulgär ... Mensch, du bist wirklich komisch. Woher kommst du denn? Vom Mars oder was? Übrigens hab ich noch nie mit 'nem kleinen grünen Männchen gebumst, vielleicht ist das spitze. Ich hab 'ne enge Muschi, aber 'nen weiten Horizont, weißte! Na, für wie alt hältst du mich eigentlich, sag schon ... schau genau hin, mach schon! Das errätst du nie im Leben. Nein, mein Kleiner, zehn mehr, jawohl, zehn irre Jährchen. Alles in allem werd ich in zwei Monaten ein halbes Jahrhundert alt, da biste platt, was! Und das alles wegen dem Abo im Fitnessstudio, hab 'nen Vertrag für vier Jahre, monatliche Raten nur 170 Mäuse, cool, was? Und außerdem, das ist kein Geheimnis, auch wegen *Slim Fast*, ich esse nur noch das, dreimal am Tag, Schokoladengeschmack mag ich am liebsten, guck doch meinen Bauch, ein Bügelbrett! Willst du auch eins?»

Ich hatte aufs Geratewohl ein Alter genannt. Um sie nicht zu verärgern. Die Haut ihres Bauches bildete eine vom Wind zerfurchte Dünenlandschaft. Die Worte, die sie gebrauchte, trafen mich schmerzhafter als Messerstiche. Und immer noch wollte ich sie nicht verärgern, saß plötzlich auf ihrer Bettkante und trank mit dem Strohhalm eine braune, zähe Flüssigkeit, die nach allem, nur nicht nach Schokolade roch und die sie mir in einem irdenen, angeschlagenen Kaffeebecher mit der Aufschrift *«Souvenir de Vallauris»* angerührt hatte. Ich schämte mich vor mir selbst. Während ich das Getränk für flache Bäuche schlürfte, kam mir das tränenüberströmte Gesicht deiner Mutter in den Sinn, und auch dein fröhliches Gesicht, deine Hände, deine zuckersüße Stimme, deine Tapsigkeit erschienen in dem verwahrlosten Zimmer.

Plötzlich betrachtete ich die Kellnerin, so wie man ein vielköpfiges Ungeheuer betrachtet, einen Verkehrsunfall oder einen Leichnam ohne Gesicht, Arme und Beine, den man aus einem brackigen Kanal gefischt hatte. Ich nahm meine Sachen. Ich betrachtete auch das schweißgetränkte Gesicht Johnny Hallydays, und mir kam der Gedanke, dass ich mit mir in dieser Welt nichts mehr anzufangen wusste und dass du vielleicht nicht stark genug warst, um mich auf deine Seite zu ziehen.

Die Kellnerin begann leise zu singen und schlug den Takt mit ihrer Zigarette; die Asche fiel auf die Laken, die, wie ich erst jetzt bemerkte, zerknittert und verschossen waren wie die Haut eines kranken, inkontinenten, wund gelegenen Mannes.

Ich verließ das Zimmer, wie man einen Albtraum verlässt. Ich dachte an die weißen, bestickten Laken, in die ich dich gebettet hatte, bevor ich dich alleine in der Wohnung zurückließ, um in Paris und meinen Erinnerungen spazieren zu gehen. Die Kellnerin sagte mir lächelnd, ich wisse ja nun, wo ich sie jederzeit bumsen könne, und ich könne alles, wirklich *alles*, mit ihr machen, sagte sie, leckte sich dabei lachend über die Lippen, war weder schön noch hässlich, weder jung noch alt. Dann legte sie ganz behutsam zwei ihrer Finger auf meinen Mund.

Auch da habe ich es nicht gewagt, nein zu sagen. Ich lächelte sie an, oder besser, ich lächelte dein Gesicht an, das ich wie einen Stern vor alles hielt, was ich sah: das schmutzige Zimmer, das Foto des Sängers in Trance mit dem farblosen Haar, das Bett, in dem sich bestimmt schon viele Männerkörper abgemüht haben, die tropfende Dusche mit dem halb zerrissenen Vorhang, die schmutzige Wäsche, die sich in einer Schüssel neben Schminktuben und aufgerissenen Tamponpackungen auftürmte, und ich sagte zu mir, du seist für das alles viel zu schön, ich sei nichts weiter als ein Schwein, denn ich hatte dich ans Licht der Welt gebracht, du würdest es mir eines Tages sicher übel nehmen, spätestens wenn die Armee der Rollerskater allen anderen einmal in der Woche unter polizeilicher

Aufsicht ihr Gesetz, ihre Hässlichkeit und ihre künstliche Gemeinschaft in falscher Fröhlichkeit aufzwingen würde, und das alles in einem Land, dem es gelungen war, viele Menschen glauben zu lassen, sie erfreuten sich der größtmöglichen Freiheit, wenn sie nachts auf Rollen die Straßen ihrer Hauptstadt betreten durften, wo dies doch nur die schlimmste aller Knechtschaften war.

Wie ein Dieb bin ich in die Wohnung zurückgekehrt. Du schliefst den Schlaf eines daumenlutschenden Engels, der nachts mit Plüschbären und Papierdrachen kämpft. Du hattest mit alldem nichts zu tun. Für dich hatte noch nichts anderes Realität als meine Stimme und mein Geruch. Geräuschlos schlüpfte ich zwischen die Laken. Fand wieder in meine Einsamkeit. Meine Hände brannten. Zum ersten Mal seitdem deine Mutter gestorben war, hatte ich den Körper einer Frau berührt. Denn sie ist tot. Sie ist tot, und ich bin kaum lebendig, wie mir scheint. Ich mache bloß noch ein bisschen weiter.

Eben hat die Frau uns gegenüber einen langen Seufzer ausgestoßen. Jetzt schluchzt sie, nimmt ihr Gesicht in die Hände. Ihre Augen sehen uns nicht mehr an. Sie haben sich zurückgezogen. Haben sich nach innen gewandt. Ich stelle mir vor, wie sich ihr Blick auf die letzten Bilder ihrer Tochter heftet, so wie sie war, als die Mutter sie zum letzten Mal gesehen hat, vielleicht heute Morgen, wahrscheinlich heute Morgen, als beide sich fertig machten, die Jugendliche, um zum Gymnasium, die Mutter, um zu den Galeries Lafayette zu gehen, wo sie in der Parfümerieabteilung arbeitet. Vielleicht haben wir beide zur selben Zeit das Haus verlassen. Vielleicht haben wir unsere Töchter im selben Moment geküsst. Vielleicht war sie es, die mir an jenem Tag auf dem Bahnsteig der Metro, als ich verwirrt vor dem Plakat stand, ein Taschentuch gegeben hat. Lange Zeit habe ich die Patienten, die uns gegenüber Platz nahmen, nicht wirklich beachtet. Ich zwang mich dazu, nicht in ihr Leben einzudringen, außerhalb ihres Schmerzes zu bleiben. Aber heute schaue ich und sehe diese Frau, sehe ihre gerötete Haut, sehe ihre Wimperntusche, in Klecksen weggespült von den kleinen Tränenbächen, die bis zu ihrem Mund fließen. Ich höre ihren abgehackten Atem, der schwächer, dann wieder lauter wird, der hinausströmt und nachlässt.

Als ich heute Morgen gegen neun Uhr mein Büro betreten habe, war mein Kollege bereits da. Er trank seinen ersten Kaffee. Unser Büro befindet sich genau neben dem *Beichtstuhl*, in dem wir die Leute empfangen. Aber der *Beichtstuhl* hat nackte Wände und nur ein paar Stühle, während mein Kollege unser Büro verschönert hat, «damit es nicht so trist aussieht!», und zwar mit einem Foto, das seine Frau am Rand eines Swimmingpools in einem Feriendorf zeigt. Sie trägt einen Stringtanga und auf der Nase eine Brille für die Sonnenfinsternis. Aus demselben Feriendorf hat er auch einen Kaktus mitgebracht und ihn neben das Telefon gestellt, auf das Möbelstück, in dem wir unsere Formulare aufbewahren. Dieses Telefon benachrichtigt uns, wenn jemand gestorben ist. Eine Stimme teilt uns den Namen der verstorbenen Person mit, den Namen des nahen Angehörigen, der benachrichtigt werden muss, sowie eine Telefonnummer, entweder seiner Wohnung oder seiner Arbeitsstelle.

Um 15.07 Uhr haben wir die Frau, die uns gegenübersitzt, auf ihrer Arbeitsstelle angerufen. Jeden Morgen losen wir: Ich hatte verloren. Ich habe ihr gesagt, was wir vereinbarungsgemäß jedes Mal sagen. Wir sagen der Person, ihre Tochter, ihr Mann, ihre Frau, ihr Sohn habe einen schweren Unfall gehabt und sie müsse so schnell wie möglich ins Krankenhaus kommen. Wir sagen nie, dass das Opfer bereits gestorben ist, obwohl es in dem Moment, wenn man uns anruft, immer schon tot ist und wir erst nach seinem Ableben zum Telefon greifen. Aber wir sagen es nie: Mein Kollege nennt das Takt. Dabei ist es nichts weiter als eine zynische Strategie.

Während mein Kollege seinen Kaffee aus einem Plastikbecher trank, den er zwischen seinen Fingern knacken ließ, erzählte ich ihm von der Armee der Rollerskater, der Kellnerin, der Babysitterin, der Unterhose in der Metro.

«Hör auf … Was ist mit dir los, was tischst du mir denn da auf? Du bringst alles durcheinander! Du tickst ja nicht richtig, Mann! Erst vor einer Woche musste ich dich bei der Polizei abholen, mit blutiger Fresse, wegen irgendeiner Geschichte bei der Fnac, keine Ahnung, was da los war. Vor ein paar Tagen reden wir über Fußball, und du beschimpfst mich als Schläger und Fascho, gestern kommst du an wie ein Penner, völlig durchnässt, und erzählst mir irgendwas von Jugoslawinnen und Iranerinnen, und heute sagst du, du hättest vor fünf Tagen wie angenagelt vor einem Werbeplakat gestanden! Komm wieder zu dir, geh zu 'nem Seelenklempner oder nimm Urlaub, du schmierst ab, wirklich, du schmierst ab, wonach suchst du eigentlich? Hältst du dich für oberschlau? Meinst du, du bist der Einzige, dem es schlecht geht? Oder hör mal, geh zu meinem Osteopathen, der ist Senegalese, aber er tut wahre Wunder, oder wenn du willst, geb ich dir die Adresse von dem Ferienclub, wo ich mit meiner Frau war, was hältst du davon?»

Er versuchte, während er mir das alles sagte, noch von Zeit zu Zeit zu lächeln. Er sprach mit mir wie mit einem Kranken, der seine Umgebung so sehr aufregt, dass man sich nur noch wünscht, man müsste ihn nicht mehr hören, man könnte ihn zum Schweigen bringen und wegschicken.

Er trank seinen Kaffee aus und zerquetschte den Plastikbecher in der Hand, bevor er ihn in den Mülleimer warf. Er traf daneben und sagte: «Scheiße, heute ist nicht mein Tag!»

«Und außerdem, weißt du», fuhr er nach einiger Zeit fort, schenkte sich einen neuen Kaffee ein und blies mir seinen bitteren, ekelhaften Atem in die Nase, wie ihn Leute, die schwarzen Kaffee trinken, immer haben und der mir das Gefühl gibt, als atme ich die Ausdünstungen seines Magens ein, «ich auch, weißt du, ich hab das Plakat mit Jean-Marie Bigard auch gesehen, im Augenblick kommt man ja nicht dran vorbei, es hängt überall rum, in der Metro, na ja, ich finde das Plakat jedenfalls sehr witzig, weil ..., vielleicht hast du Bigard ja nie gesehen, aber es stimmt, auf der Bühne gibt er wirklich *volles Rohr*, er ist anders als die anderen, die haufenweise Schotter kassieren und über die kein Arsch mehr lacht!»

Er war zufrieden mit sich, mit der Wirkung, die er auf mich hatte, etwa so, wie ich mir einen Pikeur vorstelle, der die Reaktion des Stiers beobachtet, nachdem er ihn mit der Spitze seines Stabes gestochen hat. Dann hat er gerülpst. Das tut er oft. Du rülpst auch, aber du bist einundzwanzig Monate alt, und in deinem Alter ist das Rülpsen kein Zeichen von Ungezogenheit, sondern ein lustiger Klang, über den man lacht, auf den man wartet, die Sprache eines Körpers, der wächst und Nahrung zu sich nimmt. Er rülpste noch einmal und fing wieder an:

«Übrigens, nur damit ich es weiß, wo genau ist diese Bar mit der Kellnerin …, der Kellnerin, die auf Johnny steht?»

Ich habe meinen Kollegen reden lassen, ohne wirklich zu hören, was er sagte. Seine Lippen bewegten sich, aber ich verstand seine Worte nicht mehr.

Die Frau lässt ihren Stuhl knacken. Das Knacken hat sie überrascht. Sie hat mit den Achseln gezuckt, als reagierte sie auf einen unausgesprochenen Vorwurf, der von sehr weit her kam, oder als bedrängten sie Gewissensbisse.

Der Nachmittag schreitet fort. Wie spät ist es genau? Sicher liegst du noch in deinem Bett. Dein Mittagsschlaf geht zu Ende. Wahrscheinlich bist du aufgewacht. Sicher spielst du mit deinem Hasen, dem Hasen mit den langen Schlappohren, mit dem du oft schläfst. Einmal habe ich beobachtet, wie du mit ihm wie mit einem Freund gesprochen hast. Alles, was du ihm sagtest, schien zugleich ernst und sehr zärtlich zu sein.

Vorgestern Abend, bei meiner Rückkehr, hast du deinen Arm um meinen Hals gelegt und mir zum ersten Mal «*Mein* Papa» ins Ohr geflüstert, nicht «Papa», das sagst du schon lange, sondern «*Mein* Papa», und dann gingst du auf deinen noch ungelenken Beinen trippelnd den Flur entlang, die Füße nackt, den Body aus weißem Baumwollstoff aufgeknöpft, die Windel schief. Ich stellte meine Tasche, meine Müdigkeit und noch vieles andere im Flur ab, und die Babysitterin kam auf mich zu.

Die Frau uns gegenüber hat zärtlich einen Vornamen ausgesprochen, dann sagt sie ihn noch einmal. Es ist der Vorname ihrer Tochter. Sie sagt ihn nicht weinend, nicht schreiend, sondern flüsternd. Ich habe den Eindruck, dass sie mit ihr spricht, dass sie plötzlich zu ihr zurückkehrt. Sie hat das Taschentuch zu kleinem, schwerem Schnee zerrissen, der zu ihren Füßen auf den Boden gefallen ist. Mein Kollege scheint sich endlich beruhigt zu haben. Ich frage mich, in welchem Alter die Tochter dieser Frau, die mit siebzehn Jahren gestorben ist, wohl zum ersten Mal «meine Mama» gesagt hat. Ich bin sicher, dass die Frau sich daran erinnert. Ebenso bin ich sicher, dass sie sich jetzt nicht mehr in diesem Raum befindet, vor unseren Augen, sondern dass sie Jahre im Leben ihrer Tochter durchmisst, dass sie zurückgeht und die schweren Augenblicke wieder mit den glücklichen zusammenbringt, und währenddessen weint sie, ohne es zu merken.

Die Babysitterin sprach sehr laut, weil der Walkman, den sie über den Ohren trug, dermaßen dröhnte, dass sie ihre eigene Stimme nicht hören konnte. Ich dachte, dass die Kopfhörer ihr das Gehirn abpumpten, dass sie es langsam absaugten und in Millionen durchsichtiger Moleküle wieder nach draußen spuckten, dass alles in ihrem Inneren von dieser Musik der Gewalt, der Straße, der Bretterzäune und Flaschenscherben ausgesaugt wurde. Unter ihrer Unterlippe befand sich ein neues *Piercing*, das zweite an dieser Stelle: Das macht im Ganzen sechs Nadeln, verteilt zwischen Zunge, Augenbrauen, Nase und Lippen, nicht mitgerechnet die eine, die sie sich in der Stirn anbringen lassen wollte und die schnell wieder entfernt wurde, weil sich alles entzündete und ein dicker rosa Pickel den winzigen Silberknopf eingeschlossen hatte.

Sie schrie mir ins Gesicht, du seist ganz brav gewesen, hättest keine *Ausraster* gehabt, nicht besonders rumgezickt, sie habe dir ein Stück von *Pizza Hut* zu essen gegeben, du würdest schon gerne *Cola* trinken, das sei *hammermäßig, voll fett*! Und das alles, während sie Musik hörte und immer nach drei Worten, die sie aussprach, «nn-tis, nn-tis, nn-tis» machte, glücklich, dass du endlich in der Gleichförmigkeit aufgehst und die prickelnde Milch der großen Amme aus Atlanta trinkst.

Dann brach sie auf, zu einem *Rave* in einem *Squat*

im 11. Arrondissement, einer *«geilen Party»*, wie sie mir versicherte, ich wünschte ihr einen schönen Abend, schloss hinter uns beiden Tür und Welt und nahm dich dabei zu fest in den Arm, erdrückte dich fast, brachte dich beinahe zum Weinen.

Ich dachte an deine Mutter. Immer denke ich an deine Mutter, trotz aller Anstrengungen zu vergessen. Das ist mein Verderben. Du hast nach einem Gläschen Lachs mit grünen Bohnen gerochen, hast wieder «*mein* Papa» zu mir gesagt, und ich habe in deinen Nacken geweint, damit du es nicht siehst.

Du fängst an, mit Puppen zu spielen. Du bist eine Frau, eine richtige, einundzwanzig Monate alte Frau, die mich am Kinn kitzelt, meinen Rasierapparat klaut, sich zwischen der Küchenwand und dem Kühlschrank versteckt, damit ich so tue, als hätte ich dich verloren, so tun muss, als suchte ich dich, als hätte ich Angst, dich verloren zu haben. Du kommst aus dem Versteck und lachst, du machst einen Wolf nach, «huh, huh», und du verstehst nicht, warum mir Tränen aus den Augen laufen, wenn ich dich ansehe. Du legst die Finger in die kleinen salzigen Tropfen. Du führst sie zum Mund. Du verziehst das Gesicht: «Schmeck nich, *mein* Papa, schmeck nich!»

Vor einigen Tagen hatte ich Geburtstag. Für dich hatte ich kein anderes Geschenk als diesen leidenden Vater, dem im Spiegel ein hohles, entseeltes Gesicht entgegensieht. Was kann ich dir sagen, außer dass ich keine Kraft mehr habe. Dass mir das Atmen, das Gehen, das Verlassen der Wohnung Mühe bereiten. Dass es mir schwer fällt, ins Leben hinauszutreten. Dass deine Mutter mich zur Hälfte mitgenommen hat, als sie fortging. Dass deine kleine Hand schön ist, aber vielleicht zu klein, um meine Hand festzuhalten.

Als die Babysitterin gestern früh wiederkam, nach ihrer elektrischen Nacht, bist du weggerannt. Du hast dich vor ihr gefürchtet. Sie roch nach Schweiß, Müdigkeit, Bier. Seit dem Vortag hatte sie sich nicht umgezogen. Um ihre Augen waren kohlschwarze Falten. Sie hat nichts zu mir gesagt, kein einziges Wort, sie hat dich auf den Arm genommen, dich mir entrissen, dann die Tür geschlossen. Ich ging hinaus, in die Welt der Pfützen und Regenschauer.

Die Rosenverkäuferin an der Straßenecke hatte ein grünrot gestreiftes Vordach heruntergelassen. In ein weites Plastikcape gehüllt, las sie *Ici Paris*: Auf der Titelseite verkündete Céline Dion, sie werde jetzt aufhören zu singen, aus Liebe zu René, den sie gerade ein zweites Mal geheiratet hatte. Ich dankte ihr aus tiefstem Herzen, denn es bedeutete, dass ich von nun an den faden Ahornsirup, der sich seit Jahren in Strömen aus allen Radioprogrammen ergießt, etwas seltener hören musste, und zugleich dankte ich René, diesem dicken, mysteriösen Mann mit Bart, der weiße kragenlose Hemden und einen mausgrauen Pferdeschwanz trägt und ein bisschen an Paco Rabane erinnert, diesem Prediger des Weltendes, dem kranken René, dessen fortschreitende, bösartige Krebserkrankung alle Welt jede Woche und zu jeder Stunde aufmerksam verfolgt, von den Zeitschriften bis zu den Unterhaltungssendungen.

Als wir bei der Beerdigung deiner Mutter auf dem

Friedhof standen, drang aus den Fenstern eines Wohnhauses die brüllende Stimme Céline Dions. In der Wohnung tanzte eine Frau alleine zum Klang der Musik, die sie bis zum Anschlag aufgedreht hatte. Ich erinnere mich.

Auf der Straße regnete es sehr stark. Ich sah kaum noch den Himmel. Hupen mischte sich mit den Auspuffschwaden. Meine Haare waren genauso durchnässt wie meine Füße.

Einige Frauen aus Jugoslawien hatten ihre schlafenden Kinder zum Betteln auf den Bürgersteig gelegt: «Sie setzen sie mit Medikamenten außer Gefecht!», hat mein Kollege mir erklärt. Man könnte sie für kleine Leichen halten, so bleich sind sie, trotz ihrer Honigkuchenhaut und ihrer langen schwarzen Wimpern. Ihre Hände sind geöffnet. Die Mütter tragen farbige Schals und schwere Unterröcke. Sie sprechen die Sprache eines verschwundenen Landes. Sie strecken die Hände aus. Ein Mann ging dicht an ihnen vorbei und spuckte in eine der offenen Hände. Sie schrien. Der Mann drehte sich um und zeigte ihnen den erhobenen Mittelfinger seiner rechten Hand. Man nennt das den *Stinkefinger.* Der Ausdruck ist so widerlich wie die Geste. Hässlichkeit konnte ich noch nie ertragen.

Die Frauen schrien lauter. Der Mann ging zu ihnen zurück, beschimpfte sie als Schlampen, Huren, Fotzen. Ein Kreis von Leuten bildete sich, die zusahen, wie der Mann in dem tadellosen Anzug die Jugoslawinnen beleidigte. Die Kinder schliefen noch immer im Regen, der ihnen die Haare an die Stirn klebte.

Der Mann beschimpfte sie als «Abschaum», als «Schwanzlutscherinnen» als «Nutten aus Sarajewo» und ihre Kinder als «Missgeburten». Ich ging zu ihm, trat so nahe an ihn heran, dass er aufhörte zu schreien und mich erstaunt ansah, und dann versuchte ich, ihn auf die Wange zu küssen, so wie man jemanden küsst, der sich nicht mehr zurechtfindet und seinen Verstand verloren hat.

Er stieß mich zornig zurück, und ich stürzte zu Boden. Aus meiner Lippe floss ein wenig Blut.

«Du wirst doch in deinem Alter nicht schwul werden», sagte mein Kollege, als ich ihm erzählte, was ich gesehen, gehört und getan hatte.

Ich lag auf der Erde, die Augen dem Boden zugekehrt, sah nur noch ein dünnes Rinnsal Blut, das in eine Pfütze floss, und spürte neben mir die Wärme der Kinder, die für einige Francs schliefen. In ihre Wärme mischten sich die Gerüche von Cumin und Urin, von selten gewaschener Wäsche, gestrickten Wollsachen und Schweiß. Ich blieb auf dem Boden liegen, in meinem Mund war der Geschmack von Blut. Ich wollte nicht mehr aufstehen. Ich hörte Gelächter, Schritte, die sich entfernten. Das Blut vermischte sich mit dem Wasser und meinen Tränen. Wahrscheinlich warst du gerade damit beschäftigt, dir Bilderbücher anzusehen, noch in deinem flauschigen Strampler, auf dem eine rosa Maus eine blaue Maus um den Hals gefasst hält und küsst, während die Babysitterin vermutlich wieder neben dir eingeschlafen war, erschöpft von ihrer Nacht der Drogen und des Gehämmers. Du sahst dir sicher Bücher mit verlogenen Bildern an, die eine Welt voller Lachen, glücklicher Tiere und rundlicher Bauern zeigen, Bauern, die mit ihren lackierten Treckern aufs Feld fahren, über die Straßen einer lieblichen grünen Landschaft mit Gänseblümchen und Nachtigallen, alles Lügen, von denen du noch nichts weißt, während ich dir zum Aufwachsen nur von Pestiziden ausgelaugten Boden und zerstörte Wälder hinterlassen werde.

Die Frau bückt sich, um ihre Handtasche aufzuheben. Sie macht sie nicht auf, drückt sie an sich. Presst sie sanft an ihren Bauch.

Ich lag immer noch auf dem Boden und fror. Das Blut floss nicht mehr. Die Jugoslawinnen stießen mit den Füßen nach mir und gaben mir zu verstehen, dass ich sie störte und man ihnen nie etwas geben würde, wenn ich wie tot mit geöffneten Augen auf dem Boden liegen bliebe. Die Kinder schliefen noch immer. Sie hatten nichts gemerkt.

Ich habe mir vorgestellt, wir beide lägen so auf der Straße, auf dem Asphalt, du im Todesschlaf, während ich dir die Augen schlösse und nach den Passanten rufen, sie anschreien würde, sie sollten stehen bleiben. Dann schliefe ich angesichts ihrer Gleichgültigkeit ein und stürbe mit dir zusammen. Denn heutzutage bleiben die Leute stehen, um sich am Unglück der anderen zu weiden, am Anblick von Hunden, die in ihren letzten Zuckungen winseln, oder von zerrissenen Körpern in Autoblechen, aber sie gehen weiter, wenn man sie um Hilfe anfleht. Sie hören nicht zu, wenn man sie anbrüllt, sie sollten stehen bleiben und helfen. So geschah es vor kurzem in unserem Viertel, dass ein sechzehnjähriges Mädchen, Nadège F., am helllichten Tag im Eingang eines Wohnhauses vergewaltigt wurde, obwohl zwei Schritte von ihr entfernt die Passanten vorbeigingen; sie konnte sie hören, sah, wie sie kurz zu ihr hinüberblickten und dann weitereilten, während sie von zwei Männern mehrmals penetriert wurde, die danach flüchteten, sie für tot hielten und liegen ließen, gelähmt durch Stiche mit einem Schraubenzieher – fünf in die Brust, drei in den Unterleib – und mit einem Taschenmesser in ihren zerschnittenen Geschlechtsteilen.

Mein Regenmantel klebte an meinem Hintern. Die Tritte der Jugoslawinnen wurden härter. Sie bespuckten mich. Ihre Kinder blieben in ihrer Bewusstlosigkeit liegen. Ich stand auf. Ich erntete vorwurfsvolle Blicke. Die Scheibe eines Buswartehäuschens spiegelte mein Gesicht, das ich nur mit Mühe wiedererkannte. Das getrocknete Blut bildete eine längliche Kruste, die aussah wie ein Schandfleck. Man lief vor mir davon. Ich würde zu spät zur Arbeit kommen, wieder einmal, bis zu dem Tag, an dem ich nur noch eine einzige Verspätung sein würde und dann nichts mehr. Ich ging weiter. Ich habe meinen Weg fortgesetzt.

Vor der Botschaft der Vereinigten Staaten schritten schwarz gekleidete Frauen im Kreis herum. Sie verschwanden unter weiten, schweren Tschadors, die ihnen bis auf die Füße reichten. Sie gingen im Kreis und hielten die Bilder mehrerer Mullahs hoch. Sie forderten das Recht, im Iran als Sklaven zu leben. Sie forderten für sich und ihre Schwestern in Afghanistan das Recht, von ihren Arbeitsstellen verjagt, geschlagen zu werden, falls sie einmal unbegleitet in die Stadt gingen, oder im Falle eines Ehebruchs gesteinigt zu werden. Sie gingen im Kreis, eingehüllt in die Schwärze und Düsternis ihrer Gewänder. Ich blieb stehen. Sah sie an. Sie blieben auch stehen und verbrannten das Sternenbanner, das sich in einem Aschenwirbel auf dem Boden wand. Sie leierten Suren herunter. Sie schienen glücklich zu sein, weil sie zu gesichtslosen Gestalten geworden waren.

Beim Gehen hatte ich Schmerzen. Ich trage die Hässlichkeit dieser Welt in mir. Sie füllt mich aus und beschmutzt mich. Sie fließt über, in mein Leben hinein.

Die Frau trägt einen Ehering. Ich habe ihn gerade erst bemerkt. Als sie ihn um ihren Finger herum drehte.

Vorhin, als das Telefon uns ihren Namen, ihr Alter, ihre Arbeitsstelle angab, wurde uns auch mitgeteilt, dass sie nur ein einziges Kind hat, dieses Mädchen, das soeben verstorben ist, und dass sie seit sechs Jahren Witwe ist. Seit sechs Jahren hat sie ihren Ehering anbehalten. Ich habe meinen am Tag nach dem Tod deiner Mutter in die Seine geworfen. Ich hätte ihn überallhin werfen können. Ich suchte keinen besonders symbolträchtigen Ort, ich wollte ihn einfach nur loswerden. Er erstickte mich. Er war eine unmöglich gewordene Zärtlichkeit.

Die Frau nimmt ein Päckchen Papiertaschentücher aus der Tasche, die sie immer noch an sich drückt, dann schnäuzt sie sich dreimal laut und hemmungslos. Ihre Nasenflügel sind wund und gerötet. In solchen Augenblicken lösen sich die guten Manieren, mit denen wir unsere Handlungen gern verbrämen, damit sie raffinierter, weniger plump erscheinen, all diese Manieren lösen sich in Luft auf. Eine Todesbotschaft lässt uns schlicht und einfach wieder wir selbst werden. Sie beseitigt den künstlichen Firnis, mit dem wir uns bedecken und der uns dazu dient, unter einer Maske zu leben. Der Tod derer, die wir lieben, stellt uns bloß. Die Frau zerknüllt das kleine, formlos gewordene Taschentuch unter ihrer Nase.

Sie trocknet sich die Augen, massiert ihre Schläfen mit beiden Handballen, sieht mich an, als gäbe es mich nicht und als wäre mein

Körper durchsichtig. Durch mich hindurch sieht sie das Gesicht ihrer Tochter, die lacht, sie küsst, mit ihr spricht. Sie versucht, sich an ihre letzten Worte zu erinnern, wie sie genau lauteten, in welchem Tonfall sie sie gesprochen hat. Darauf könnte ich schwören.

Mein Kollege zuckt nicht mehr. Er wirkt ruhig. Vielleicht denkt er an die iranischen Frauen, an alles, was er mir gestern über sie erzählt hat, vielleicht auch daran, was er über Jugoslawien gesagt hat.

«Machst du dir eigentlich klar, wie kuschelig warm sie es unter diesen vielen Klamotten haben müssen. Das Problem ist doch, man weiß nie, ob man es mit einer Granate oder einem Pummelchen zu tun hat, das ist die reinste Lotterie!»

Aber er liebt ja die Lotterie. Dreimal wöchentlich berechnet er die besten Zahlenkombinationen für die Lottoziehung.

Er pfiff verträumt vor sich hin, dachte vielleicht über das Geheimnis der iranischen Körper nach, dann rückte er die Fotografie seiner Frau im Stringtanga zurecht, die ständig hinter die Kaffeemaschine zu rutschen droht, und kam auf Jugoslawien zu sprechen:

«Ich habe diesen Krieg nie verstanden, obwohl ich

massig Artikel darüber gelesen habe, du kennst mich ja, aber ich wäre unfähig, dir zu sagen, wer in diesem Krieg die Guten und die Bösen sind, man blickt nicht mehr durch, es ist zu kompliziert ... Bernard-Henry Lévy, ich hab meiner Frau sein Buch über Sartre geschenkt, Scheiße, ist das vielleicht dick! Aber sie steht auf Philosophie, jeden Sonntag sitzt sie eine ganze Stunde lang in einem Café im 13. Arrondissement, sie hat alle Bücher von Finkielkraut, ach ja, apropos Finkielkraut, einmal bin ich dem Knaben auf dem Boulevard Saint-Germain über den Weg gelaufen, weißt du, er sieht total schäbig aus, am liebsten würde man ihm hundert Piepen in die Hand drücken, und so gebückt! Als trüge er den ganzen Kosovo auf seinen Schultern! Was wollte ich sagen, ach ja, BHL, na, der ist nach Jugoslawien gefahren, hat einen Film darüber gedreht, hast du den gesehen? Meine Frau hat mich reingeschleppt, und als ich rauskam, hatte ich auch nicht mehr verstanden, außerdem war der Film wirklich ätzend, noch nicht mal Arielle Dombasle hat mitgespielt ... Das war ein Witz, klar! Weißt du, was mir ein Freund über sie gesagt hat? Die Lippen von Arielle, das ist Silikon, was den Rest angeht, wusste er nicht Bescheid, aber mit den Lippen, da war er sich total sicher, allerdings hätte man ja von selbst drauf kommen können, hast du ihren Mund gesehen? So ein Mund, das ist doch nicht normal! Jedenfalls BHL, den kratzt das alles nicht besonders, falls du verstehst, was ich meine ...»

Ich wollte nicht verstehen, was er meinte, denn mein Gedächtnis bewahrte noch die 72 Leichen auf dem Markt von Tuzla, den die Serben am 25. Mai 1995 bombardiert hatten. Ich erinnerte mich an die Leichen der Kinder und die Leichen der Jugendlichen, die in der Frühlingsluft von den Geschossen zerfetzt worden waren, während Johannes Paul II. sich mit Cybersex beschäftigte.

An jenem Abend ging ich mit deiner Mutter spazieren. Unter meinem Arm trug ich die gefaltete *Le Monde*. Das war zu einer Zeit, als ich noch las. Erst später habe ich die Zeitung aufgeschlagen: Dort stand alles geschrieben. Deine Mutter sah mich lachend an, sprach mir in die Ohrmuschel, wo alle Worte schöner und wahrer werden. Unter meinem Arm trug ich 72 Tote, sie ruhten in leichtem Papier und frischer Druckerschwärze. Ich ahnte nichts davon. Das Wetter war schön. Deine Mutter küsste mich im Duft der Linden im Jardin de Luxembourg. Dich gab es damals noch nicht.

Später, als ich die Zeitung aufschlug, als ich vor dem Einschlafen die neusten Meldungen las, sagte ich mir, ich sei der Erste aller Feiglinge.

Mein Kollege schwafelte weiter von Arielle Dombasle, von ihren Brüsten, von Sartres linkem scheelem Auge, «falls es nicht das andere ist», und schaukelte dabei, wie er es häufig tut, auf seinem Stuhl: vor dem Mittagessen, nach dem Mittagessen, am Morgen, am Abend, wenn wir warten, wenn wir unsere Tage wartend verbringen und manchmal das Telefon ansehen, es mit Blicken befragen. Manchmal schließen wir

Wetten ab, um die Zeit rumzukriegen: Mein Kollege findet Wetten lustig. «Ich wette mit dir um den Aperitif von morgen, dass es in weniger als zwei Stunden klingelt und dass das Opfer ein Mann zwischen 35 und 55 Jahren ist!» Und wir warten. Endlich klingelt das Telefon. Irgendwann klingelt es immer. Uns *Hyänen* gehen nie die Kadaver aus. Mein Kollege nimmt ab, lauscht, sieht mich an, und plötzlich fuchtelt er wie ein Verrückter zum Zeichen des Sieges stumm mit dem Arm: Er hat seine Wette gewonnen.

Er sprach mit mir. Ich hörte ihm nicht mehr zu. Wieder sah ich die alten, aber nicht zu alten Bilder, sah die Gesichter der Kriegstreiber, die heute noch auf freiem Fuß sind und damals im militärischen Kampfanzug herumstolzierten, über Hügel, die einst schön gewesen waren, aber heute durch ihre Schuld vom Tod gezeichnet sind. Ich erinnerte mich an den Namen Radovan Karadžić, an sein silbriges Haar, das über der Stirn eine dicke Locke formte, an sein dickliches Gesicht, und ich erinnerte mich daran, dass dieser Schlächter Arzt war und Möchtegerndichter, dass er die Poesie liebte, die er vor laufender Kamera las, ja, drei Meilen entfernt von Todeslagern und Massengräbern las er erbärmliche, von ihm selbst gereimte Verse über den Wind, die Blümchen und den Himmel.

Ich sah dieses Gesicht wieder vor mir und wusste, dass ich dich in eine Welt hatte kommen lassen, die einem dunklen Wald voller Wölfe gleicht. Du gingst tapsig, aber glücklich über eine Erde, auf der Millionen von Männern Blut an den Händen haben, Blut, das sie nicht daran hindert, zu schlafen, zu träumen, zu lachen und zu dichten.

«Und außerdem Jugoslawien, das ist weit weg, alle haben uns erzählt, es sei ganz nah, der Krieg finde vor unserer Haustür statt, nur zwei Stunden mit dem Flugzeug entfernt, aber Jugoslawien, das ist doch das Ende der Welt, Kouchner, ist der nicht da runtergefahren, um Reissäcke hinzubringen? Nein? Ach ja, jetzt verwechsele ich es mit Ruanda. Egal, Hauptsache, es ändert sich jetzt! Der düst doch überallhin, wo's knallt. Man kennt sich nicht mehr aus … du wirst sagen, für ihn ist das wie Ferien, und außerdem kann ihm seine Frau dann nicht so sehr auf den Keks gehen … Ach übrigens Ockrent, man sieht sie ja gar nicht mehr, gibt's die überhaupt noch? Die beiden zusammen fand ich immer ziemlich schräg, und dann haben sie auch noch Kinder gemacht … findest du nicht? Ja, Kouchner …, Kouchner …, na ja, ich wette mit dir, nächstes Jahr, falls er ein bisschen freie Zeit hat, wird er nach Grosny fahren und die Stadt frisch verputzen!»

Ich sah meinen Kollegen an, der sich mit der Spitze seines Stiftes in den Zähnen herumstocherte. Was sollte ich ihm antworten? Jedes seiner Worte führte mich sehr weit weg von ihm, löste mich los, versetzte mich an einen Ort, an dem ich mich immer einsamer werden sah, wo selbst du nicht mehr hinkamst, wo das Gesicht deiner Mutter mir wie durch eine dicke Eisschicht hindurch erschien.

Ich dachte, ich sei im Begriff, dich in einer Welt aus Asche zurückzulassen. Wir wissen nicht mehr, wo wir die Kriege hinräumen sollen. Wir haben nicht genug Schubladen. Unser Gedächtnis ist ein Grab, in dem zu viele Leichen aufeinander gestapelt liegen. Es quillt über vor leblosen Körpern. Wir konsumieren sie genozidweise, in der Reihenfolge, in der die Zeitungen sie uns servieren, und dann mischen wir sie, rühren alles zusammen, verwechseln sie, was viel besser wirkt als Löschkalk.

Im Grunde ist mein Kollege kein schlechter Kerl. Er ist nur unwahrscheinlich modern. Er ist ein Kind seiner Zeit. Er ist genau so wie die anderen Menschen heutzutage, die sich an ihre letzten Ferien, aber nicht an die Verbrechen gegen die Menschlichkeit erinnern.

«Du bist doch nicht mehr bei Trost, hältst du dich für einen Propheten? Du machst mir richtig Sorgen, Mann, und auf die Nerven gehst du mir auch! Wo nimmst du nur den ganzen Schwachsinn her, den du mir hier vorfaselst. Willst du 'ne Geschichtsstunde abhalten, oder was? Jetzt sind es die Kriege, die Massaker, du schmierst echt ab, geh mal zum Arzt! Und außerdem musst du mir wirklich keine Vorlesungen halten! Hältst du dich etwa für was Besseres? Es mag ja noch angehen, dass du dir die Fresse einschlagen lässt, wie vor einigen Tagen, als ich dich abholen musste, aber dass du dich auf dem Bürgersteig suhlst, neben diesen Frauen aus Jugoslawien, die uns allen auf den Sack gehen, und neben ihren schauspielernden Bälgern, dass du da vor allen Leuten liegen bleibst! Und danach machst du mich fertig mit deinem Geschwafel. Was du für ein Bild abgibst! Denkst du nie darüber nach, was für ein Bild du abgibst?»

Die Frau lässt ihren Blick auf der Fensterscheibe ruhen, deren buntes Kirchenfensterglas nur eine verschwommene Sicht auf die Außenwelt zulässt. Sie schüttelt sacht den Kopf, beständig, als würde man ihr immer wieder etwas sagen, was sie nicht hören will. Dann wieder Tränen, sie ringt die Hände, verzieht den Mund. Sie stöhnt, und wir sitzen ihr gegenüber, reglos und schweigend. Sie sieht mich an, und dann sagt sie wieder den Vornamen ihrer Tochter, als wollte sie, dass ich ihn mit ihr zusammen spreche, als wollte sie, dass ich ihr auch einen, deinen Vornamen gebe und wir diese Vornamen austauschen wie Talismane.

Heute Morgen habe ich wieder versucht, mit meinem Kollegen zu sprechen. Es war schon nach zehn. Er hatte einen anstrengenden Abend hinter sich. Er war mit seiner Frau «zum Japaner» essen gegangen, und seine Frau hatte sich an den *Sushis* den Magen verdorben. Sie hatte ihn um drei Uhr morgens geweckt. Sie musste die ganze Mahlzeit in die Toilette erbrechen, «230 Franc, ohne den Wein!». Er hat alles sauber gemacht: «Man sah noch die Fischstückchen, Thunfisch, nichts war verdaut!»

Unser Samstag ist immer sehr lang. Normalerweise haben wir an diesem Tag mehrere Fälle zu bearbeiten, vor allem nachmittags und abends. Deshalb schläft die Babysitterin samstags bei uns. Ich komme häufig erst in der Nacht zurück. Du weißt nichts davon. Du schläfst. Du wachst auf. Du siehst mein Gesicht. Ich bin dein Vater und deine Welt. Alles ist gut.

Heute Morgen habe ich der Babysitterin gesagt, ich würde vielleicht überhaupt nicht wiederkommen. Sie hat gegähnt. Sie war *voll krass* müde. In der Nacht war sie mit ihren Freunden länger als sonst Rollschuh gelaufen. Das Wetter war schön.

Sie hörte mir zu und massierte dabei ihre Fußgelenke, die schmerzten, weil ihr irgendein Spast hinten reingebrettert war. Ich sagte, ich würde vielleicht nicht wiederkommen. Sie verstand, was sie verstehen wollte, und antwortete, wobei sie mich mit einem anzüglichen Grinsen bedachte, so einem, wie es mein Kollege immer aufsetzt, wenn er die Fotografie seiner Frau im Stringtanga betrachtet und mit dem Finger darüber streicht, sie sagte also:

«Ein Fickding? Na, ist doch toll! Ganz normal ... Dove sagt, Dove ist mein neuer Macker, also Dove sagt, der Schwanz regiert die Welt ... Dove, der ist in der Werbung!»

Ich bat sie zu schweigen, aber sie sprach weiter:

«Nein, keine Sorgen, die merkt nix, die Kleine, in ihrem Alter ist man noch total ahnungslos, sie hat Spaß mit ihren *Teddys*! Ja, der Schwanz, sagt Dove, übrigens vögeln doch sämtliche Staatschefs wie die Weltmeister, das hat doch was zu bedeuten! Allein

Clinton, der Typ fickt doch total rum, sogar mit solchen *Miss Piggys* wie Monica! Und Chirac, ich bin sicher, der Typ knallt jede Muschi, die er kriegen kann, sogar seine Tusse … Meinen Sie nicht, Ihre Frau hätte Ihnen dasselbe gesagt?»

Ich habe sie zum Schweigen gebracht. Legte ihr meine Hand auf den Mund, als wollte ich sie ersticken. Ich hielt ihren schmutzigen Redeschwall auf. Sie stieß mich heftig zurück. «Fass mich nicht an, du Schwanzgesicht! Ich lass mich nicht gern anfassen. Absolut nicht!»

Sie lässt sich nicht gerne anfassen. Ich bin gegangen. Ich schloss die Tür, während sie noch Entschuldigungen stammelte. «Ist ja gut, *sorry*, hab 'nen Kater, das kommt vor, der Sack hat mich fast gekillt gestern Abend», sagte sie noch, fasste dabei mit der linken Hand an ihr Fußgelenk und mit der rechten an ihr neues Piercing, das von dem geschwollenen Fleisch rundherum fast verschluckt zu werden schien.

Du hast von alldem nichts gehört, nichts gesehen. Du sprachst mit deinen drei Teddybären, die du auf die Fensterbank in deinem Zimmer gesetzt hattest – «*mein* Papa, Mama, Baby» –, du zeigtest mit dem Finger auf sie und stelltest unermüdlich die heilige Familie wieder zusammen, mit deiner zarten Stimme, die noch manche Buchstaben, manche schwierigen Silben verschluckt und die Konturen der Wörter verwischt, sodass sie für das Ohr so weich werden, wie es manche Blütenblätter sind, wenn man mit dem Finger über sie streichelt.

Eben hat die Frau geniest. Ich bin hochgeschreckt. Ich sehe sie wieder an … Der Schmerz verdrängt alle Schönheit. Das Gesicht sieht nur noch nach dem aus, was es wirklich ist: Fleisch, Blut, Wasser, Muskeln, die sich spannen und entspannen. Sie seufzt leise. Gerne möchte ich ihr, wie dir, mit der Hand über die Wange streichen. Plötzlich möchte ich, dass sie mir von ihrer Tochter erzählt, dass sie mir sagt, welchen Kosenamen sie ihr gab, wie ihr verborgenes Muttermal aussah; du hast über deinen Pobacken eine Art kleines blaues Dreieck, in einem Blau, das mich immer an die Farbe einer beruhigenden, milchigen Nacht erinnert.

Ich denke an die wenigen Minuten, die dem Anruf vorausgegangen sind, dem Anruf, den sie auf ihrer Arbeit erhielt, als ich ihr am Telefon sagte, dass ihrer Tochter etwas Schlimmes zugestoßen sei. Alles liegt in diesen wenigen Minuten: Sie sind voller Leben und Heiterkeit. Ich stelle sie mir in ihrer Abteilung vor, zwischen den Parfümflakons, umgeben vom Gemurmel der Kunden, den Geräuschen im Kaufhaus am frühen Samstagnachmittag. Sicher hat sie an nichts anderes gedacht als an ihre Arbeit, ihre Müdigkeit, das Wochenende. Wahrscheinlich hat sie nicht an ihre Tochter gedacht, denn an die Lebenden denkt man nie mit der Intensität, die sie verdient haben und die allein ihr Tod in uns hervorrufen kann. Man sieht die Lebenden nicht wirklich an.

Ich sehe meinen Kollegen an. Er sieht mich ebenfalls an. Zum ersten Mal. In seinen Augen sehe ich das brennende Verlangen, mir endlich das zu sagen, was er auf dem Herzen hat, und zwar in aller Deutlichkeit, alles, was er nicht sagen konnte, weil die Frau an die Tür geklopft hat, wir beide schweigen mussten und er den Stuhl wieder auf den Boden stellen musste, den er gerade auf meinem Kopf zertrümmern wollte.

Trotz allem gewinnt der Beruf, der Beruf, den er liebt, wieder die Oberhand. Trotz allem, was er mir gerne sagen würde. Er beherrscht sich. Er vergisst mich mehr und mehr. Er wird wieder zur *Hyäne*.

Wir haben unsere Zeichen und Codewörter: Er gibt mir zu verstehen, es sei noch zu früh, wir müssten noch warten, wenn wir eine Chance haben wollen. *Hyänen* sind nie in Eile. Stundenlang umkreisen sie ihre Beute, warten, dass sie schwach wird und sich hinlegt. Wir müssen unsere Bitte vortragen, wenn der *Patient* am Ende ist, ganz ans Ende des Weges gelangt, den der Tod derjenigen oder desjenigen, den er liebt, vor seinen Füßen eröffnet hat. Man muss zuschnappen, wenn er richtig *mürbe* ist, wie mein Kollege sagt. Und wir schnappen immer zu. Aber ich will nicht mehr zuschnappen, ich will mich hinlegen, mich auflösen.

Wir sind *Hyänen.* Das weiß ich jetzt mit Sicherheit, denn ich habe den Beruf schon seit zu vielen Jahren und vor allem zu lange ohne Seele und Herz ausgeübt. In dem riesigen Krankenhaus, in dem ich arbeite, sind wir im Augenblick nur zu zweit. Wir sind da, um den Toten etwas wegzunehmen und es den Lebenden zu geben. Wir lassen die Lebenden besser leben, indem wir den Toten das entnehmen, was sie nicht mehr brauchen können. Ein merkwürdiger Beruf. Ich habe ihn mir nicht wirklich ausgesucht. Ich habe es einfach geschehen lassen.

Die Frau, die mir gegenübersitzt, lenkt meine Gedanken wieder zu dir. Schweigend, durch ihre Gesten, durch ihren Schmerz, der sich noch auf dem kleinsten Teil ihres Körpers bemerkbar macht, und auch in der Art, wie sie ihre Haare in die Hände nimmt, sie über ihre Augen legt. Sie zwingt mich, an dich zu denken, als würde ich mich in sie hineinprojizieren oder als tauschten wir unsere Rollen. Ich weiß nicht, warum es ihr gelingt, mich wieder ein wenig mit deiner Welt in Verbindung zu bringen, einen leisen Zweifel zu wecken, oder besser, eine Tür zu öffnen.

Heute Nacht hast du geweint, und ich habe dich mit in mein Bett genommen. Du hast dich etwas bewegt. Du hast die Augen nicht aufgemacht. Du hast nach meinen Haaren gegriffen, dann bist du mit verschränkten Armen wieder eingeschlafen. Ich habe dich an mich gedrückt. Ich habe dein Herz schlagen gespürt, schnell, viel zu schnell. Ich habe die Augen geschlossen, dich geküsst und das Gesicht deiner Mutter wieder vor mir gesehen.

Heute habe ich meinem Kollegen gesagt, er würde viel zu großen Wert darauf legen, was für ein Bild er abgebe. An dieser Bilderflut müsse man am Ende sterben. Es war nach zehn. Er trank seinen dritten Kaffee und lief in unserem Büro auf und ab. Ich sagte ihm, heutzutage gebe es nichts anderes mehr als Bilder: schöne Bilder, denen man mit Hilfe von Computerbearbeitungen, Paraffin, Implantaten, Vitaminen, Prothesen, essenziellen Fettsäuren, Fitness oder Ökoessen ähnlich werden möchte. Und hässliche, grausame, blutige Bilder von Kriegen, Morden, Attentaten, Autounfällen, Flugzeugabstürzen, Hungersnöten, Stürmen, Vulkanausbrüchen, Massakern, kollektiven Selbstmorden, ethnischen Säuberungen, bei denen uns, wenn wir sie in den Zeitungen entdeckten, in unserer Behaglichkeit noch wärmer werde. Ich hätte genug davon, das alles wüchse mir über den Kopf. Damit müsse jetzt Schluss sein.

«Jetzt geht das wieder los, du solltest Listen anlegen, du mit deinen zwanghaften Litaneien!»

Ja, Listen. Die sehr schnell veraltet wären und durch andere ersetzt würden, die ebenso rasch veralten.

Andere Dramen werden aus den Gedächtnissen der Leute jene Dramen verdrängen, die ich dir aufzähle und die ich jeden Abend im Fernsehen ansehe, während ich dir löffelweise deine Suppe füttere, «nein, Papa, *mein* Papa, kein Hunger, kein Hunger ...», denn du hast nie Hunger, als wolltest du nicht wachsen, als würde dir der Eintritt in diese Welt, in der ich mich eingezwängt fühle, Angst bereiten, als wolltest du immer ein einundzwanzig Monate altes Kind bleiben, mit deinen Pobacken, die so weich sind wie der Bauch eines Rehs, und deinem Lachen, das durch die ganze Wohnung schallt.

Du wiegst 9,34 Kilo. Das ist wenig. Mein Kollege vergleicht gerne. Er liebt den Wettbewerb. Sein Jüngster ist drei Monate jünger als du, aber er wiegt schon 11,75 Kilo. Jeden Tag höre ich: «Er würde am liebsten noch die Finger seiner Mutter essen! Ein richtiger Vielfraß!» Daran habe ich keinerlei Zweifel. Ich kenne den Vater.

9,34 Kilo: Ich habe das Ergebnis des gestrigen Wiegens im Gedächtnis behalten. Als ich mir sagte, ich müsse es behalten, dachte ich, es sei so etwas wie ein Zugfahrplan, die Zeit meiner Abreise.

«Willst du keinen Kaffee, bist du sicher? Du machst mich inzwischen richtig fertig, du siehst aus wie ein Verrückter, pass bloß auf, schlaf ein bisschen, geh nochmal zu deiner Kellnerin aus der Bar, das wird dir gut tun!» Es war nach elf. Mein Kollege hatte bereits *L'Équipe Magazine, L'Évènement du Jeudi* und *Paris Match* gelesen.

Wir hatten heute Morgen keinen Anruf. Ich spürte,

dass auch dies ihn fertig machte. Und ich habe ihm von der Bilderflut erzählt und von seinem Bild, das darin untergeht, das nichts mehr zu bedeuten hat, das schließlich nichts mehr sein wird, gar nichts mehr, habe ihm gesagt, dass sein Bild kaum seinen Kindern zu deren Lebzeiten in Erinnerung bleiben wird und er später, nach dem Tod seiner Kinder, wirklich nichts mehr, gar nichts mehr sein wird. Er hat den Arm nach oben gereckt. Hat dabei seinen Kaffee umgestoßen, Beleidigungen geschrien, ist dann türenschlagend hinausgegangen: «Um Luft zu schnappen, denn du gehst mir dermaßen auf den Sack!»

Er legt großen Wert auf sein Bild, auf mein Bild, auf unser Bild, auf das Bild der Abteilung, das Bild des Krankenhauses, in dem wir arbeiten. Er weigert sich, diese Bilder für falsch oder vergänglich zu halten. Das hat er eben erst unter Beweis gestellt, beim Mittagessen in der Cafeteria.

Samstags ist es dort ruhiger. Es ist weniger los. Wir haben uns mit einem Beschäftigten des technischen Dienstes an einen Tisch gesetzt, mit einem Elektriker, den mein Kollege flüchtig kennt, weil sie gelegentlich in derselben Reihe im Parc-de-Prince-Stadion sitzen. Dort schreien sie die Namen der elf Spieler ihrer Mannschaft. Sie machen *la ola*. Sie beschimpfen die elf Spieler der gegnerischen Mannschaft als «Kinderficker» und «Arschlöcher» und den Schiedsrichter als «Neger», «Kanaken» oder «Kameltreiber», falls er ein wenig braun aussieht und ein Foul pfeift, wo sie keines bemerkt haben.

Vor dem Spiel hat er keine Zeit, noch einmal nach

Hause zu gehen, deshalb zieht er sich in unserem kleinen Büro um, vor dem Foto seiner Frau im Stringtanga, mit Schwangerschaftsstreifen und Orangenhaut, trotz allen Fettabsaugens und wochenlanger Thalassotherapie im Schönheitsinstitut Louison Bobet. Er zieht seine Fankleidung an – Mütze, Schal, blaue Perücke und ein Trikot in den Farben von Paris Saint-Germain –, die ihm ein unsympathisches, bedrohliches Aussehen verleiht.

So geht er in das Café im Erdgeschoss des Krankenhauses und trinkt dort zehn Bier, «um mich aufzuheizen», bevor er das Stadion betritt, wo Alkohol verboten ist. Die Bereitschaftspolizei pfercht ihn und die anderen auf vergitterten Tribünen gruppenweise wie in Hundezwingern zusammen, als wären sie gefährliche Viehherden, die unter verschärfte Bewachung gestellt werden, und mein Kollege stößt Kriegsgeheul aus, macht den Nazigruß, zeigt den Stinkefinger, schreit obszöne Beleidigungen, entfaltet mehrere Meter lange, bemalte Spruchbänder, auf denen in riesigen Buchstaben geschrieben steht: «Marseille! Die Pariser Ultras ficken euch!», wenn die Pariser Mannschaft Marseille zu Gast hat, oder: «Lens! Die Pariser Ultras ficken euch!», wenn sie Lens zu Gast hat, oder auch: «Straßburg! Die Pariser Ultras ficken euch durch!», wenn sie Straßburg zu Gast hat, und ein bisschen Abwechslung muss sein, und so weiter für jede eingeladene Mannschaft, die meistens unter einem Hagel von Schrauben, Muttern, Nägeln, Flaschenscherben und mit Urin und Exkrementen gefüllten Präservativen vom Platz geht.

Das alles tut er «aus Liebe zum Sport», denn wie sagt er oft zu mir: «In unserer verrückten Welt ist und bleibt der Sport das einzig Wahre.»

Aus Liebe imitiert er anderthalb Stunden lang Gesten, die einst Millionen von Menschen in die Gaskammern geschickt haben, Menschen, von denen einige so klein waren wie du, Kinder, Neugeborene, kleine Rosenknospen, die in den Tod gingen und dabei ihre Eltern ansahen, die sie anlächelten und von einer schönen Reise erzählten, während Hunde neben ihnen standen, bereit, sie zu zerreißen, zu zerfetzen, und Männer diese Hunde festhielten und anstachelten. Diese Männer hatten frei entschieden, erbärmlicher zu sein als Hunde, und andere Männer, die weit weg von diesen Todeszügen, ja, vielleicht weiter weg, aber tatsächlich nicht weniger hassenswert waren, Männer mit schmutzigen Händen haben diese Millionen Toten in aller Seelenruhe überlebt und atmen, lachen noch immer, betrachten sich im Spiegel, lassen ihre Enkelkinder auf den Knien reiten und verschwenden keinen Gedanken mehr an jene anderen Kinder, an die Menschen in Massengräbern, in Öfen, in Waggons endlos langer, düsterer Züge, in Gaskammern, deren Decken noch heute die Kratzer der Fingernägel derer aufweisen, die versucht haben, sich der Verätzung der Lungen, dem Tod, der unsichtbar in sie eindrang, zu widersetzen.

Das alles habe ich ihm vor zwei Wochen gesagt. Ich redete pausenlos, als wärest du bei mir gewesen, als hätte ich für dich und nicht für ihn gesprochen. Er hörte mir zu und riss dabei die Augen weit auf, in der

Hand einen Becher mit seinem ewigen Kaffee, den er nicht trinken konnte. Aber dann, als ich endlich still war, brach es aus ihm heraus:

«Nazi! Ich? Dir geht's ja nicht gut, dir geht's wirklich nicht gut … Du hast es nicht anders verdient, ich müsste dich …»

Er ballte die Fäuste. Er rannte in unserem Büro im Kreis, warf wütend seinen Plastikbecher in den Mülleimer, dann beruhigte er sich und fing wieder an:

«Gut, eins ist klar, ich will nicht behaupten, dass es unter uns nicht auch ein paar Faschos gibt, junge, durchgeknallte Typen, wir waren doch auch so, wir haben auch Scheiße gebaut. Aber das ist alles nur Theater, wir lachen, wir glauben kein Wort von dem, was wir sagen, die toben sich nur aus, das ist alles. Und schau mal, unter uns gesagt, auch Mitterrand war Faschist, als er jung war, das hat er Guillaume Durand selbst gesagt, oder war es PPDA, oder war es bei den *Guignols*, ich weiß nicht mehr, jedenfalls hat er es gesagt! Und trotzdem war er der größte Präsident, den Frankreich je hatte, oder etwa nicht?»

An diesem Abend hast du zum ersten Mal Pipi ins Töpfchen gemacht. Ich fand dieses erste Pipi sehr bewegend, denn es war ein Zeichen dafür, dass du begannst, das niedliche Alter des schlafenden, tollpatschigen Säuglings hinter dir zu lassen, und immer mehr zu einem kleinen Kind, einem Menschenkind wurdest. Es hat mich bewegt und zugleich erschreckt, denn die Zeit vergeht, und bald wirst du denken, bald wirst du leiden.

Du wirst sehen, man muss wachsen und enttäuscht werden. Man muss Hände schütteln und Gesichter küssen, die, noch während man sie küsst, anfangen zu eitern, zu riechen und sich in Fetzen aufzulösen.

Wir werden durch unsere Welt geformt. Vielleicht sind wir nicht zu viel nütze. Ich weiß es nicht. Ich will es nicht mehr wissen. Du, mein kleines Baby, wirst es vielleicht erfahren, meine Kleine, die ich heute Morgen angsterfüllt geküsst habe: voll der Angst, die ich mir selbst einjage. Deine Wangen waren warm und gerot, denn du hattest sie im Schlaf an deinen Laken gerieben. Du hast mich in aller Unschuld angesehen, hast mir mit dem Finger deine Bärenfamilie gezeigt und gesagt: «*Mein* Papa, Mama, Baby.» Ich ging aus deinem Zimmer und nahm dein Bild mit mir.

Die Frau mir gegenüber weint noch immer. Der Körper ist eine seltsame Maschine. In den Händen hält sie drei durchweichte Taschentücher, ein weiteres ist auf den Boden gefallen, das andere, das nur noch weißer Staub ist, nicht mitgezählt. Sie versucht, sich mit der größtmöglichen Genauigkeit an den letzten Blick ihrer Tochter zu erinnern, an ihre eigenen Worte und an die Worte ihrer Tochter. Sie ist jetzt in die Phase eingetreten, in der das Bedauern einsetzt. Davor war alles ohne Bedeutung:

Man zerstreitet sich, ärgert sich, hält sich für unsterblich und ist überzeugt, dass alles wiederholbar ist. Der Tod ist das Fallbeil, es kappt die Blütenträume. Der Tod ist die erste Wahrheit, aber sie kommt zu spät: Sie kann uns nur noch Bitteres lehren.

Heute Morgen habe ich dich verlassen. Ich erinnere mich sehr gut daran, denn ich verließ dich und hatte einen Entschluss gefasst, der diesen Augenblick für mich unvergesslich macht. Jetzt bin ich nicht mehr sicher. Diese Frau und ich sind im Begriff, unsere Rollen zu tauschen. Ich nehme teil an ihrem Schmerz. Sie führt mich wieder ganz in deine Nähe. Ihr Schmerz nimmt mich bei der Hand und führt mich zu deinem Lachen, zu deinem Schnupfen, zu deinen ersten Zähnen, die noch nicht alle gewachsen sind.

Wieder sagt sie den Namen ihrer Tochter, sieht mich dabei an.

Sie hat den Leichnam ihrer Tochter noch nicht gesehen. Das ist eine unserer Regeln. Wir müssen uns einschalten, bevor die Familien den Leichnam sehen, denn wenn sie ihn erst gesehen haben, ist es zu spät, zu spät für uns: Dann wollen sie ihn nicht mehr hergeben. Also erfinden wir Ausreden, damit wir ihn nicht sofort zeigen müssen. Wir sagen, er sei in einem anderen Krankenhaus, er werde überführt, er sei im Augenblick nicht *sichtbar*, diesen Satz liebt mein Kollege besonders: «Der Leichnam ist nicht *sichtbar.*» Mit Unschuldsmiene betont er das Wort, lädt es unter dem Deckmantel der Menschlichkeit mit Schrecken und Vorstellungen auf, die nichts Menschliches mehr an sich haben.

«Den *Patienten* auf die Folter spannen, ihn stundenlang weich kochen, das ist die Hauptsache», hatte er mir im Tonfall eines Ausbilders erklärt, als ich vor einigen Jahren im Krankenhaus zu ihm gestoßen war und er mich gewissenhaft aufgeklärt hatte – über die *Hyänen*.

«Du wirst sehen, am erstaunlichsten ist, dass wir sie manchmal stundenlang vor uns sitzen lassen können, ohne ihnen etwas zu sagen, und auch sie fragen uns nichts, als wären sie eigentlich gar nicht anwesend, als wären sie woanders, zu Hause, in der Vergangenheit, keine Ahnung, wo! Das alles braucht seine Zeit, das ist die Hauptsache, und dann, auf einmal, wenn du spürst, wie sie langsam wieder auftauchen, dann darfst du sie nicht entwischen lassen, ein gezielter Schlag in den Nacken, und zack, packst du zu.»

Heute Morgen gab es keine Anrufe. Ich habe gemerkt, dass mein Kollege deswegen enttäuscht war. Er hatte genug davon, dass ich mit ihm sprach, dass ich ihm von seinem Bild erzählte. Nach mir verlor auch er die Nerven. Er ging im Kreis, kam rein, ging raus, kam wieder rein, blätterte verärgert in den Zeitschriften und Zeitungen, mit denen er sich immer eindeckt, «um auf dem Laufenden zu bleiben».

Gegen zwölf Uhr sind wir in die Cafeteria hinuntergegangen. Da warst du sicher dabei, dein Gläschen mit Erbsen und Schinken zu essen, das ich am Morgen aus dem Schrank genommen und lange betrachtet hatte, als würde es durch die Tatsache, dass es auserwählt war, weil es das letzte Gläschen war, das ich dir zurechtstellte, plötzlich zu etwas Besonderem. Du isst nicht gerne. Du willst nicht wachsen. Du wiegst nichts für dein Alter: Du bist eine Feder. «Kein Hunger, Papa, kein Hunger, *mein* Papa.» Neun Kilo und dreihundertvierzig Gramm.

Wir sagten Bescheid, dass wir zum Essen gingen. Mein Kollege nahm den *Pieper* mit. Er steckte ihn wie ein Schmuckstück an sein Hemd. Man darf keinen *Patienten* verpassen.

In der Cafeteria trafen wir den Elektriker. Als Vorspeise hatte er Eier mit Mayonnaise genommen, «Mayo-Eier», waren seine Worte, als er sie, ohne sie auseinander zu schneiden, in einem Stück gierig herunterschlang.

«Also, meine Mayo-Eier mag ich am liebsten, wenn sie von gestern sind, wenn schon ein Film drauf ist, so eine fettige, leicht angedickte Schicht.»

«Jedem nach seinem Geschmack, aber Salmonellen, das ist nichts für mich», antwortete mein Kollege trocken, der geriebene Möhren genommen hatte und mir jeden Morgen einen anderen Hersteller von krank machendem Käse, tödlichen Rillettes, Gift-Hähnchen und Killer-Pasteten nennt.

Dann drehte sich das Gespräch um die neuesten Untersuchungen zur Zuverlässigkeit der Krankenhäuser. Eine Wochenzeitung hatte gerade die Statistiken mit den guten und weniger guten veröffentlicht. Der Elektriker war nicht zu bremsen und setzte uns auseinander, dass in unserem Krankenhaus viel zu viel gestorben würde.

Ich spürte, dass mein Kollege mit den Füßen zu scharren begann. Er hat ebenso viel Sinn für Gruppenzugehörigkeit wie für Bilder. Damit meine ich die Gruppe, zu der er gehört, also seinen Clan, seine Familie, sein Haus, seinen Arbeitgeber, ähnlich wie die Babysitterin in Bezug auf ihre Gruppe, die sie für marginal und schräg hält. Alle beide legen großen Wert darauf, welches Bild sie abgeben. Sie sind bereit, sich dafür zu schlagen. Vielleicht sogar zu sterben.

«Und wisst ihr, woran man im Krankenhaus stirbt», sagte der Elektriker, die Gabel in der Luft, «man stirbt am Krankenhaus selbst, jawohl, so steht's in der Studie, schwarz auf weiß! Du kommst hier an, hast ein harmloses Wehwehchen, und zack, in null Komma nichts fängst du dir eine altmodische Infektion, die dir die Kurpfuscher verpassen, ohne es zu merken, vielleicht auch die Krankenschwestern, der Chirurg, der dir den Wanst aufschneidet, die ganze Bagage ... Und wisst ihr, warum? Weil die Franzosen Ferkel sind ... Es ist traurig, hab's in 'ner Umfrage gelesen, noch nicht einmal ein Viertel der Franzosen wäscht sich die Hände, wenn sie vom Klo kommen, kein Drittel zieht täglich eine neue Unterhose an, noch nicht mal die Hälfte duscht jeden Tag, außerdem haben sie geschrieben, weiß nicht mehr wann, schwarz auf weiß, dass der Franzose durchschnittlich nur drei Seifen pro Jahr benutzt, eine einzige Zahnbürste … Manche Tussis behalten ihr Schlüpfer drei Tage am Stück an und manche Kerle ihre Unterhosen eine ganze Woche, das verdirbt dir den Appetit? Aber das ist die Wahrheit, Mann. Und in diesem Krankenhaus ist es bestimmt noch schlimmer als anderswo, denn man kratzt hier öfter ab als in den anderen, sagt die Untersuchung, steht da! Übrigens, euch passt das doch gut in den Kram, was, wenn die Leute an Ort und Stelle abkratzen, oder? Ihr *Hyänen*, dann müsst ihr eure Kadaver nicht woanders suchen!»

Mein Kollege stand mit geballten Fäusten, rot im Gesicht, vom Tisch auf, nachdem er ihn zunächst als «Arschloch» beschimpft hatte, und ich trank mein Glas Wasser aus, saß dem Elektriker gegenüber, der langsam aß und sich die Lippen leckte. Ich betrachtete seine Hände. Ich dachte an die Hände meines Kollegen, die immer trocken sind, wenn er von der Toilette kommt.

Schließlich blieben meine Augen an dem langen Laufband der Cafeteria hängen, das von zehn Serviererinnen und Servierern nacheinander bestückt wurde, mit nackten Händen, einige mit fettigen Haaren, ohne Schiffchen; sie nahmen Brotscheiben, Teller, Rohkostplatten in die Hände und rückten mit ihren Fingern Salamischeiben zurecht, die vom Teller zu rutschen drohten, sie fassten Gläser, Pommes frites, Salatblätter an, kratzten sich am Kopf, bohrten in der Nase, pulten in den Ohren.

Ich schloss die Augen. Ich versenkte mich in meine

Dunkelheit. Ich dachte an große kanadische Seen, wie man sie überall, in jedem beliebigen Krankenzimmer auf Postern sehen kann, die mit Heftzwecken an den Wänden befestigt sind. Ich weiß nicht, ob es diese Seen mit dem zu blauen Wasser, mit den zu hohen und zu festen Felsen wirklich gibt, von Schnee überragt, der zu weiß ist, um echt zu sein. Ich sagte mir, dieses Trugbild der Natur sei alles, was ich dem Schmutz der Welt noch entgegensetzen konnte.

«Gibst du mir deine?» Ich schlug die Augen wieder auf. Der Elektriker zeigte mit dem Finger auf meine Eier mit Mayonnaise, die ich nicht angerührt hatte. Ich sagte ja, aber ich hörte meine Stimme nicht. Er nahm den Teller, schlang die Eier in zwei Bissen hinunter. Kauend sagte er:

«Bin ich bescheuert, ich reg mich auf, das liegt nur an dieser Schwuchtel von Chef, der hat mich heute so gründlich genervt, das sollte verboten sein! Und das alles nur wegen einem falsch gelegten Anschluss, den hat er noch nicht mal selbst hingekriegt. Was soll's, ich hoffe, dein Kollege nimmt's mir nachher nicht mehr krumm, ich gehe gerne mit ihm zum Spiel, heute Abend ist auch eins ... Weiß nicht, was in mich gefahren ist, manchmal knalle ich einfach durch. Stimmt schon, ich war nicht zimperlich, ich habe *volles Rohr* gegeben, wie man so sagt!»

Die Frau streichelt unablässig über ihr Knie. Sie hat ihre Handtasche auf den Boden gestellt. Ihre Augen wenden sich langsam meinem Gesicht zu. Ich senke den Kopf.

Ich muss nicht auf die Uhr sehen, um zu wissen, dass es 17 Uhr ist. Ich habe das Holzschuhklacken einer Krankenschwester im Flur gehört. Nur sie lässt ihre Schuhe so klacken, so hart und heftig, als wollte sie den Bodenfliesen Schmerzen zufügen. Ich kenne sie nicht. Ich habe sie nie gesehen. Aber ich weiß, dass sie unter der Woche und manchmal auch am Wochenende zur selben Zeit hier vorbeigeht, um mit der Arbeit zu beginnen. Sie muss heute Dienst haben.

Ich hebe meinen Blick wieder zu der Frau, die jetzt seit fast anderthalb Stunden im *Beichtstuhl* sitzt, und bemerke zum ersten Mal, dass sie mich ansieht.

Sie sieht mich wirklich an, blickt nicht, wie bisher, durch mich hindurch, als wäre ich ein Schatten, oder fängt meinen Blick nur für den Bruchteil einer Sekunde auf. Langsam dringt sie in mich ein. Für kurze Zeit hat sie alles andere vergessen: ihren Schmerz, den Autounfall, das Gesicht ihrer Tochter, das letzte Gesicht ihrer Tochter heute Morgen, als sie sie zum Abschied geküsst hat, das exakte Gesicht, das sie sich vielleicht mit all ihren Bemühungen endlich ins Gedächtnis gerufen hat. Sie sieht mich an und fragt sich wahrscheinlich, wer ich bin, ob ich Kinder habe, ob ich verheiratet bin. In ihren Augen spüre ich etwas, das ich in den Blicken anderer schon lange nicht mehr sehe, etwas Unbestimmtes, etwas, das mir Bauchschmerzen bereitet, angenehme, menschliche Schmerzen, obwohl die Menschen mich genauso anwidern wie ich mich selbst und mein Leid, das mich jeden Tag wie mit Bleisohlen an den Boden fesselt. Plötzlich halte ich inne, unter diesem von Tränen ausgelaugten Blick. Ich bin eine *Hyäne* mit Bauchschmerzen, so etwas darf es nicht geben. Es scheint mir, dass ich wieder ein Mensch werde, auch wenn dieses Gefühl noch sehr schwach ist, auch wenn ich kein Mensch mehr sein wollte. In Gedanken wende ich mich dir zu. Du hast es bestimmt schön warm in deinem Kinderwagen, in den Straßen von Paris. Während die Frau mich anblickt, möchte ich dich gerne in den Arm nehmen.

Ihre Augen erinnern mich an deine Augen, wenn du Fieber hast. Das war zuletzt am Dienstag. Nachts hast du geweint. Ich sah nach dir. Du hattest Mühe beim Atmen. Du hattest etwas Schnupfen. Du hast mich gehört und die Arme ausgestreckt. Ich habe dir Nasentropfen gegeben, «nein, Papa, nein!», dann Fieber gemessen. Du hattest 38,9°.

Ich gab dir ein Zäpfchen, und mir fiel auf, dass ich dieselben Worte verwendete wie meine Mutter, wenn sie mir ein Zäpfchen gab: «Vorsicht, der kleine Sputnik fliegt zum Mond, Vorsicht beim Start, und los geht's ...» Damals muss ich vier oder fünf Jahre alt gewesen sein. Meine Mutter sagte das zu einer Zeit, als der Weltraum noch ein fast unberührter Ort war und noch nicht so etwas wie ein riesiger Müllabladeplatz, wo tonnenweise aufgegebene Satelliten, Schaltkreise und außer Betrieb genommene künstliche Intelligenz die Erde umkreisen und nur darauf warten, in eine der wenigen einsamen Wüsten zu stürzen, wo bis heute nur der Hauch von Wind und Kälte das elegante Kriechen uralter Tierarten stört.

Du hast in die Hände geklatscht. Du hast versucht, das Wort «Sputnik» zu sagen, das du lustig findest, aber es gelingt dir noch nicht: «Putik, Putik ...» Ich küsste dich lange, mit geschlossenen Augen, und in dem Augenblick, als meine Lippen deine Haut berührten, in dieser Falte am Hals, die in mir immer die lebhafte Erinnerung an einen verlorenen Körper weckt, musste ich wieder einmal das Gesicht und den Geruch deiner Mutter vertreiben. Ich wünschte mir so sehr, zu ihr zu gehen.

Ich habe eine Kunst des Vergessens entwickelt, die nur für mich von Nutzen ist. In jeder Minute, während du schliefst, während du lachtest, zerriss ich Erinnerungen, Erinnerungen wie zahllose kleine, nutzlose Zettel, die mein Gedächtnis verstopften. Auf jeden dieser kleinen Zettel notierte ich eine Minute, eine Sekunde aus dem Leben deiner Mutter oder ein Lächeln, einen gespielten Zorn, einen Blick, einen Kuss, eine Zärtlichkeit, ein Wort. Ich schrieb alles auf, mit einer Geduld, die mich unerhörte Mühe kostete, und dann zerriss ich in meiner Vorstellung diese Schnipsel des Lebens, damit ich nicht mehr leiden muss und ihr Gesicht in mir verschwand, und genauso habe ich aus der Wohnung sämtliche Fotografien, Kleider, Gegenstände, die sie gekauft oder berührt, und auch die Möbel, die sie gekannt hatte, entfernt.

Hier ist nichts mehr, was an sie erinnert. Schon vor langer Zeit habe ich aufgehört, die Menschen zu treffen, die sie kannte und die sie gekannt haben. Mein Kollege hat die Güte, sie nie zu erwähnen. Er hat sie sowieso nie gesehen.

Sicher wirst du mir übel nehmen, und das zu Recht, dass ich dir für immer jede Spur der Frau genommen habe, die dich zur Welt gebracht hat, jede Spur, durch die du zu ihr gelangen, ihr ein Gesicht verleihen könntest, und wäre es auch nur ein Schatten. Niemals wirst du einen Gegenstand in der Hand halten, den ihre Hand gestreichelt hat. In deinen Augen werde ich vielleicht schuldig sein. Aber mir schien es, als könnte ich ihr auf diese Art folgen und trotzdem versuchen, für dich weiterzumachen.

Ich wachte die ganze Nacht bei dir. Du bewegtest dich in deinem Bett. Du drehtest dich hin und her. Manchmal fuhren Krankenwagen auf der Straße vorbei, zuckende Lichter: «Tatütata» sagst du, wenn du sie hörst.

Du bist zu klein. Du kannst mir nicht helfen. Du hilfst mir nur, die Abwesende noch schmerzlicher zu vermissen, weil du ihr unwissentlich ähnlich siehst. Du hilfst mir nur, die Welt noch hässlicher zu finden, als sie vielleicht wirklich ist, und ich erblinde angesichts ihrer Schrecken, weil ich nichts anderes mehr wahrnehme und gleichzeitig zusehe, wie du dich von mir entfernst: «Papa, *mein* Papa», von mir, der nur noch zum Weinen taugt, der nur noch auf dem Bürgersteig herumliegen und darauf warten kann, dass etwas geschieht, dass irgendeine Kraft mich wieder unter die Erde bringt, der Papa, der gerade noch dazu taugt, gebeugt vor einem Plakat in der Metro stehen zu bleiben, das eine in einer schwarzen Leere aufgehängte Unterhose aus weißem Baumwollripp zeigt.

Der Morgen graute. Du hast noch ein wenig geseufzt, doch das lag an einem Traum … Wahrscheinlich sprachst du mit deinen kleinen Plüschmonstern.

Die Frau uns gegenüber steht langsam auf, schaut weit über unsere Köpfe hinweg. Ich spüre, dass mein Kollege unruhig wird. Er hat Angst, die Situation könnte uns entgleiten. Aber sie verlässt den *Beichtstuhl* nicht, sie hat sich nur an die Wand gelehnt, stützt sich mit den flachen Handballen dagegen. Sie senkt den Kopf unter dem schweren Gewicht des Leichnams ihrer siebzehnjährigen Tochter.

Seit wir mit der Frau zusammensitzen, werde ich auf meinem Stuhl immer schläfriger.

Du musst mich wieder in die Welt zurückholen.

Das dachte ich, als ich sah, wie die Frau aufstand und auf ihrem Nacken das Gewicht ihres Schmerzes lastete. Ich muss versuchen zurückzukommen. Wenn nicht für mich, dann für dich. Oder für ihre Tochter, und ich wundere mich, dass ich an sie denke, obwohl ich sie nicht kenne.

Als ich nach dem Mittagessen, gegen 13 Uhr, wieder hinauf in unser Büro gegangen bin, war mein Kollege schon da. Er trank einen Kaffee. Noch einen. Er las eine Zeitschrift. Er sah mich beim Hereinkommen an, zuckte die Achseln und nuschelte ein paar Worte. Es hatte keine Anrufe gegeben. Ich habe verstanden, dass er nicht von mir gestört werden wollte. Er war sehr nervös, wegen all dem, was ich ihm heute Morgen über sein Bild gesagt hatte, wahrscheinlich auch wegen all dem, was ich ihm schon seit einigen Wochen sage, und außerdem wegen des Elektrikers und seiner Statistiken über unser Krankenhaus.

Auf der hinteren Umschlagseite der Zeitschrift, die er gerade las, ist eine Werbung für eine Schnellrestaurantkette: Man sieht darauf einen bestens gelaunten Mann, der lächelt, obwohl sein Körper zwischen zwei riesigen Brotscheiben verschwindet: Er ist seine eigene Nahrung, sein eigenes Fleisch. Als ich das Bild sah, wurde mir schwindelig. Mir fiel wieder ein, dass ich vergangene Woche auf der Straße einem Mann begegnet bin, der mit seinem Körper dieselbe Werbung machte. An dem Tag arbeitete ich nicht. Ich erholte mich von einer Nachtwache. Mein Kollege war alleine im Krankenhaus. Man sollte vermeiden, dass eine *Hyäne* alleine ist, aber manchmal geht es nicht anders.

An jenem Tag versuchte die Babysitterin einen Roman zu lesen, der ihr empfohlen worden war: «Ein krass *trashiges* Teil!», hatte sie mir gesagt und mir den knallgelben Einband gezeigt, auf dem die solarisierten Silhouetten eines Mannes und einer Frau sich gegenseitig masturbierten. Sie lag auf dem Boden, las die Sätze halblaut vor sich hin und stolperte häufig über die Wörter. Lektüre strengte sie an, selbst wenn sie *trashig* war. Du machtest deinen Mittagsschlaf. Ich ging hinaus, um dir ein Buch vom *kleinen braunen Bären* zu kaufen. Ein Buch voller Lügen und Zuckerguss.

Auf dem Weg begegnete ich dem als Hamburger kostümierten Mann. Sein Körper steckte zwischen zwei falschen Toastbrotscheiben, seine Füße und sein Kopf waren unter einer Art braunem, genopptem Teppich in der Farbe einer Frikadelle kaum zu sehen. Ich konnte nur seine Augen erkennen, ich bemerkte sie in zwei Löchern, deren eines von falschem Senf und deren anderes von einer Gewürzgurkenscheibe aus Plastik eingerahmt war. Er ging langsam. Er wirkte erschöpft. Er trug seine Werbung wie eine Last oder einen Felsblock auf einem ansteigenden Weg. Ich hätte gerne mit ihm gesprochen. In seinen Augen sah ich ein mir vertrautes, zitterndes Leuchten. Ich dachte, wir alle haben unsere modernen Kreuze zu tragen, wir müssen die Zumutung eines dem Geschäft unterstellten Körpers auf uns nehmen, eines Körpers, der uns schon nicht mehr gehört.

Was keinen Markennamen hat, existiert nicht. Die Jugendlichen legen ihr ganzes Wesen in ein kleines grünes Krokodil, drei schwarze Streifen, ein waagerechtes Komma: Abgesehen davon existieren sie nicht. Lacoste, Adidas und Nike sind zur Dreieinigkeit einer hohlen Religion mit einer täglich wachsenden Zahl Heiliger geworden, einer Religion, die Menschen dazu verurteilt, sich als Hamburger zu verkleiden, um ihren Lebensunterhalt zu verdienen. Den Unterhalt, ja, aber für welches Leben?

«Was zum Teufel geht es dich an, wenn der Kerl Lust hat, sich zu kostümieren? Ach und übrigens, ich habe eine Calvin-Klein-Unterhose! Ich habe nichts gegen Markenartikel!»

An jenem Tag fuhr mein Kollege wütend sein Auto, warf von Zeit zu Zeit einen Blick zu mir herüber und passte auf, dass mein Blut die Sitze des neuen Wagens nicht schmutzig machte. Ich habe ihm alles erzählt.

Als er von der Arbeit kam, hatte er mich von der Polizeistation, in die man mich gebracht hatte, abgeholt. Stundenlang hatte ich in einer Ausnüchterungszelle gewartet. Ganz allein. Im Film ist dort immer noch jemand anders, eine Prostituierte oder ein alter Stadtstreicher. Aber da war niemand außer mir. Meine Kleider waren zerrissen, meine Hände blutig. Meine Nase schmerzte. Aber dieser Schmerz war nichts im Vergleich zu dem anderen, dem Schmerz, der sich mir in Herz und Seele bohrte. Deine Mutter hätte sicher gelacht, wenn sie mich dort gesehen hätte. Später hätten wir zusammen darüber gelacht, wenn Angst und Klagen überwunden gewesen wären.

Ich saß im Auto meines Kollegen. Ich hatte ihm gerade von dem Hamburger-Mann erzählt. Er war gekommen, mich abzuholen, wie man ein krankes Tier abholt. Er musterte die Sitze seines neuen Autos und das getrocknete Blut auf meinen Kleidern und meinen Händen. Er befürchtete, ich würde das Auto schmutzig machen. Ich erzählte meine Geschichte weiter:

In der Fnac im Forum des Halles wurde mir plötzlich übel. Zu viele Menschen fuhren die Rolltreppen hinunter, strömten in die neue, unterirdische Kirche hinein, zu viele Männer und Frauen, die sich nicht beachteten, sich sprachlos anrempelten, sich streiften wie die rollende Armee der Skater am Freitagabend.

Ich war geradewegs in die Abteilung gegangen, wo ich das Buch, wie ich wusste, finden würde, hatte es genommen und bezahlt, als plötzlich der Boden zu schwanken begann, Wände und Gesichter vor meinen Augen wackelten und ich gerade noch Zeit hatte, zu den Toiletten zu gehen, bevor ich zusammenklappte. In der Toilettenkabine blieb ich lange auf dem Boden sitzen. Ich hörte die Menschenmenge, die durch das

Geschäft stolperte und summte wie eine dicke Fliege, die gegen eine Fensterscheibe prallt. Dann stand ich endlich wieder auf und trat aus der Kabine heraus. Ein Jugendlicher beendete gerade einen Schriftzug auf der Wand:

«Fick deine Mutter, die Fotze, verpiss dich, scheiß auf Frankreich, scheiß auf das Molière-Gequatsche.»

Er muss etwa fünfzehn gewesen sein. Er gab sich Mühe, biss sich beim Schreiben auf die Zunge. «Scheiß auf Frankreich», hatte er geschrieben, als wäre Frankreich ein fremdes Land, irgendeine bedrohliche Ferne, wo er nicht hinwollte, obwohl er wahrscheinlich hier geboren und aufgewachsen war, obwohl er Molière, dessen Sprache er verabscheute wie die Pest, zumindest dem Namen nach kannte.

Ich sah ihm zu. Er schrieb seine Botschaft zu Ende. Er hatte mich nicht bemerkt. Ich stand hinter ihm.

Der Hass ist ein weit verbreitetes Nahrungsmittel, eine Art globale Pastete, dachte ich. Er füttert nicht nur ein paar verlorene Einwandererkinder. Er ernährt auch Männer und Frauen, die man für vernünftig halten könnte und die dem Land, der Sprache, der Gesellschaft, in der sie leben und für die sie Pläne entwerfen, nichts vorzuwerfen haben: Vor einigen Wochen hatte ich die Antwort der Vorsitzenden einer Oppositionspartei auf die Frage eines Journalisten gehört.

Wir saßen beide vor dem Fernseher auf dem Boden. Die Babysitterin war gerade *total eilig* aufgebrochen, weil sie *voll im Stress* war, und hatte gerade noch die Zeit gehabt, dir ein *fettes Lob* auszusprechen, während sie die Tür zuzog. Ich hatte den Fernseher, den sie angestellt hatte, nicht ausgeschaltet. Wir spielten zusammen: Einer schläft, der andere ist wach. Der, der wach ist, weckt den Schlafenden, indem er ihn am Bauch kitzelt, dann tauschen wir die Rollen. Das Spiel macht dir großen Spaß. Und auch ich lache, weil ich sehe, dass du lachst und glücklich bist. Ich sehe dich gerne lachen, sehe dich auch gerne schlafen und am allerliebsten gähnen, wenn sich nämlich deine kleine Nase in Falten legt und du den Mund so weit aufreißt, dass er plötzlich riesengroß wirkt.

Der Journalist fragte also diese Frau, die auf dem besten Weg war, an die Spitze der RPR gewählt zu werden, was sie am meisten hasse. Ihre spontane Antwort war: «Lionel Jospin!» Sie sagte nicht: «Ich hasse das Elend, die Ungerechtigkeit, das Leid, die Armut, die Krankheit, die Gleichgültigkeit, den Krieg, die Unmenschlichkeit, die Verzweiflung, die Arbeitslosigkeit, das Verbrechen ...» Nein, sie sagte, am meisten hasse sie einen Menschen, also dich und mich, mein Kind. Was diese Frau für das Abscheulichste auf dieser Welt hielt, die sie einmal regieren wollte, war ein Mann. «Jetzt hör aber auf, man kriegt doch direkt einen Ständer bei ihr, oder nicht, bei Michèle Alliot-Marie, findest du nicht? Ich sehe sie quasi vor mir, in Latex und Fesseln!», war die Reaktion meines Kollegen gewesen, als ich ihm das berichtete.

Eben hat er seinen Kugelschreiber fallen lassen. Er hat es mit Absicht getan. Das ist ein Zeichen. Heute hat er das Zeichen gegeben. Manchmal gebe auch ich es. Den Stift auf den Boden fallen lassen bedeutet, dass wir unsere Bitte bald vorbringen werden, oder besser, dass wir bald beginnen werden, die Bitte vorzubringen. Mein Kollege ist zu dem Ergebnis gekommen, dass die *Patientin* reif ist, uns anzuhören, also zu hören, worum wir sie bitten werden.

Die Frau sieht zu, wie er seinen Stift wieder aufhebt. Sie friert ein wenig. Sie zittert. Ihre Tränen laufen nicht mehr.

Ich weiß nicht, warum ich plötzlich dich sehe, als ich sie ansehe. Es ist, als säßest du mir gegenüber, obwohl du noch viel zu jung bist, obwohl du so warm bist und deine Gedanken irgendwo in den Wolken herumschweifen, in einer Welt aus Stofftieren und Gelächter, obwohl du im Traum die Treppen in den Häusern von *Léo* und *Popi* und in den Geschichten vom *kleinen braunen Bären* hinauf- und hinabsteigst. Ja, fast ist es, als suchte diese Frau, die sich mir wieder zuwendet, die mich vom entferntesten und tiefsten Punkt ihrer selbst aus erneut ansieht, nach einem Wort, das sie vernehmen oder sagen könnte, als wollte sie mir ihre Hand reichen oder die meine ergreifen. Es ist, als wäre sie du. Und zum ersten Mal, wirklich zum ersten Mal, denke ich an ihre tote Tochter und versuche, mir ihr Gesicht vorzustellen.

Wir bekommen den Leichnam nie zu Gesicht. Die Toten haben für uns keine charakteristischen Merkmale. Sie haben nur einen Namen und eine Nummer, die wir unverzüglich in ein Formular übertragen. Das Formular entnehmen wir einer Schublade des Möbelstücks, auf das mein Kollege seinen Kaktus gestellt hat. Wir wissen von ihnen nicht mehr als das unbedingt Notwendige, und wir sehen sie nie. Für uns existieren sie nicht. Sie dürfen für uns nicht existieren.

## Wieder sieht die Frau mich an.

Es ist, als versuchte sie, mich zu ergründen, als forschte sie nach jenem Entschluss, der in mir während all dieser Wochen herangereift ist und den ich noch heute Morgen für unumstößlich hielt. Du siehst mich durch sie hindurch an, und ich schlage die Augen nieder. Ich möchte diesen Blick wieder loswerden. Mir scheint, ich schäme mich ein wenig. Ich will nicht nachgeben. Ich habe keine Ahnung. Dieser Jugendliche, der seinen geballten Hass auf den Toiletten der Fnac an die Wand geschrieben hatte, wusste er eigentlich, was er zu mir sagte?

«Du hängst dich zu sehr an Kleinigkeiten. Du machst aus jeder Mücke einen Elefanten, das vergällt dir das Leben», hatte mein Kollege zu mir gesagt und dabei wieder beunruhigt die Sitze seines Autos begutachtet.

*Alles ermüdet mich*, hätte ich ihm am liebsten geantwortet. Es waren Worte aus einem Chanson von Alain Bashung, den deine Mutter und ich vor langer Zeit hörten, zu dem wir tanzten. An dem Abend, an dem wir uns kennen lernten, einem 14. Juli, hielt ich deine Mutter in meinen Armen, und wir schwankten leicht angetrunken unter chinesischen Papierlaternen in einem kleinen Tanzlokal im 11. Arrondissement. Damals hätte ich nie geahnt, dass ich einmal selbst jener verletzte, erschöpfte Mensch werden sollte, der in dem Lied spricht, und ich mich so tief in die Worte des Liedes hineinbegeben würde, dass ich nicht mehr aus ihm herauswollte und -konnte, nicht mehr woanders sein wollte, nicht mehr hier, in der Welt derer, die hassen, sich mit ihrem Hass brüsten und ihn öffentlich zur Schau stellen.

Der Jugendliche in den Toiletten des Fnac-Forum drehte sich um und ging auf mich zu. Ich rührte mich nicht. Er steckte den Filzstift in die Reißverschlusstasche seiner Hose.

«Alles klar, verpiss dich, kuck nicht, du Opfer, du Scheißfranzose!»

Ich rührte mich nicht vom Fleck. Es war keine Provokation meinerseits, eher war ich gelähmt, wie vom Donner gerührt. Ich glaube, ich hätte auf die Knie fallen, oder besser noch, mit ihm reden, ihn fragen können, warum er nicht einsehen wollte, dass er sich selbst beschimpfte, erniedrigte, besudelte, dass er nicht mich oder andere beleidigte, sondern sein eigenes Bewusstsein, seine Wahrheit und seine Schönheit.

Und weil ich mich nicht bewegte, sondern ihn weiter ansah, kam er auf mich zu und sagte: «Glotz nicht, *Schwuchtel*, glotz mich nicht an!»

Das erinnerte mich an etwas, was mir vor einiger Zeit zwischen République und Bastille passiert ist. Ein Jugendlicher, vielleicht siebzehn Jahre alt, stieg mit einem dieser riesigen, schweren Hunde mit schwarzem Zottelfell unter dem Bauch in die Bahn. Ich sah seinen Hund an, als wäre er ein apokalyptisches Ungeheuer. Der Jugendliche sagte zu mir in kaltem, unangenehmem Tonfall: «Glotzen Sie nicht so, das kann er nicht ausstehen, sind Sie taub oder was? Gucken Sie weg, er hasst Typen, die ihn anglotzen.» Der Hund bestätigte seine Worte, indem er mir ins Gesicht bellte und an seiner kurzen Leine aus geflochtenem Leder zerrte.

Ich spürte die Blicke der anderen Fahrgäste auf mir ruhen. Diese Blicke waren genauso unangenehm wie die des Jugendlichen und seines Hundes; sie schienen mir sagen zu wollen: «Tun Sie endlich, was Ihnen gesagt wird, was wollen Sie eigentlich? Wollen Sie, dass er uns alle auffrisst, denken Sie doch an uns, Herrgott nochmal, wenn Sie schon nicht an sich denken! Schauen Sie weg!»

Endlich schlug ich die Augen nieder, so wie alle anderen, die um mich herumstanden. Wir sahen unsere Füße an, während der junge Mann und sein Hund unsere Herren und Meister geworden waren, die im ganzen Zug regierten wie in einer kleinen Welt aus friedfertigen Sklaven und wo die beiden allein die Aussicht genossen, die nur der erhobene Blick schenken kann.

«Ach, Mensch, es stimmt doch, dass Hunde empfindlich sind, es war schon richtig, dass du den Blick gesenkt hast», sagte mein Kollege, als ich ihm von dem Ereignis berichtete.

Der Blick. Die Blicke. Vor drei Monaten, bei einer Schwurgerichtsverhandlung, erklärte ein junger Mörder, er kenne sein Opfer nicht, er habe sie vorher nie gesehen, er sei ihr am Tag des Mordes zum ersten Mal begegnet, aber sie sei eben eine zu viel gewesen, denn als er dem Opfer auf dem Bürgersteig über den Weg gelaufen sei, habe sie ihn *angesehen*, einfach nur angesehen, und er hasse es, wenn man ihn ansehe, vor allem auf *diese* Art – er hat übrigens nie präzisiert, welche Art –, nur deshalb habe er fünfzehnmal mit dem Messer auf sie eingestochen, davon drei Mal direkt in die Kehle. Das war's. Was können deine Träume und dein Lachen dagegen ausrichten? Meine Kleine, mein kleines Baby.

Ich habe den Jugendlichen in der Toilette der Fnac zu lange angesehen. Aber er ließ Gnade walten. Er zückte keine Waffe. Er gab sich damit zufrieden, mir seine Stirn voll ins Gesicht zu rammen, was von einem trockenen Knacken begleitet wurde. Mein Blut spritzte auf ihn. Ich nahm nur noch sehr gedämpfte Farben und Geräusche wahr.

Während ich zu Boden stürzte, dachte ich in meiner Betäubung blitzschnell erst an dich, dann an deine Mutter: Ich fragte mich, zu welcher von euch beiden ich im Traum nicht mehr würde zurückkehren können, falls ich ohnmächtig am Boden liegen blieb. Dann begann er rasend schnell auf mich einzureden: «Hurensohn, Scheißopfer, du hast meine beste Baggy versaut», ich erinnere mich an sein Gesicht, als er das sagte, plötzlich war es wieder zu einem Kindergesicht geworden, von einem Kind, dessen schönstes Spielzeug man gerade kaputtgemacht hat; ich erinnere mich auch an seine Augen, ungläubig betrachteten sie die Blutflecken, mein Blut, das auf dem hellen Stoff seiner Jogginghose eine Art roten Sternennebel bildete. «Du hast meine Tacchini bepisst mit deiner beschissenen Rotze, du Schwulenarsch, ich töte dich! Ich schwör bei meiner Mutter!»

Ich lag auf dem Boden, zu seinen Füßen. Ich wartete. Ich sah ihn an und wartete. Wartete darauf, dass er mich tötete, dort, in der Toilette der Fnac im Forum des Halles, gegen sechs Uhr am Abend, wenige Schritte entfernt von einer geräuschvollen Menschenmenge, die in alle Richtungen unterwegs war.

«Das hast du davon, wenn du so rumspastest, geschieht dir recht, Alter!»

Was dann geschah, weiß ich nicht mehr. Ich kam erst später wieder zu mir, in der Schallplattenabteilung. Ich weiß nicht, wie ich dorthin gelangt war. Ich stöberte in den Stellagen, als ein Verkäufer zu mir kam und sagte, da könne ich nicht bleiben, ich sei verletzt, ich blute, und das, was ich zunächst für Fürsorge gehalten hatte, stellte sich rasch als Sorge um die Plattenstapel heraus, auf die mein Blut tropfte.

Der Verkäufer schleppte mich zu einem Raum, in dem ein hünenhafter Wächter mit dem Gesicht eines kleinen Mädchens vor sich hin döste; er trug ein T-Shirt mit der Aufschrift «UKDT: Untersuchungskomitee für dicke Titten». Ich fror. Ich musste meinen Ausweis vorzeigen. Wurde misstrauisch gemustert. Die Polizei kam. Unschlüssig schwankten sie zwischen der Zelle und der Notaufnahme. Was war ich eigentlich: Opfer oder Täter?

An jenem Tag setzte mich mein Kollege vor unserem Haus ab. Ich stieg aus seinem Auto. Ich ertappte ihn dabei, wie seine Augen über den Sitz huschten, um zu prüfen, ob ich auch nichts schmutzig gemacht hatte.

«Los jetzt, eine heiße Dusche, und dann ab in die Heia! Morgen ist auch noch ein Tag!» Dann fuhr er los.

Ich bin ohne dein Buch nach Hause gekommen, völlig verwirrt, aber mit einer Clownsnase, die dich zum Lachen brachte: «Papa aua?», und mit deinen wenigen Monaten fandest du beruhigende Gesten, jenen Balsam, den nur die Frauen, die uns lieben, besitzen und mit dem sie uns Frieden schenken.

Ich versank also, an dich und deinen leichten Atem gelehnt, während die Babysitterin, die mich nicht gehört hatte, auf dem Sofa schnarchte, die Füße in Turnschuhen mit überdimensionalen Sohlen, die mich, bevor ich versank, an Kothurne erinnerten, wie sie die Schauspieler der klassischen Tragödie trugen.

Ich habe mich gefragt, in welcher zeitgenössischen Tragödie sie wohl mitwirkte, diese Frau, die von zwei «höllischen, durchtanzten Tagen» zurückgekehrt war, aus der Menschenmenge einer Techno-Parade, die die Straßen von Rotterdam mit ihren primitiven Rhythmen und hüftschwingenden Drag-Queens zum Beben gebracht hatte. Ich fragte mich, wo die Babysitterin wohnte, wo sie eigentlich lebte, in welcher exotischen *location*, deren Grenze, Eingang, Ausgang, Zugangscode ich nicht kannte, die Babysitterin, die von *Rave* zu *Blade-Night* und von *Blade-Night* zu europäischen Techno-Paraden hastet, die im

Bad zahlloser Menschen, die so sind wie sie, kommuniziert, die in und mit einer ständig bewegten Menschenmasse lebt, während sie auf der Straße niemanden beachtet, stur geradeaus rennt, Passanten anrempelt, sich nicht umdreht und zuweilen immer noch nach deinem Vornamen sucht, obwohl sie seit einem Jahr täglich auf dich aufpasst.

Du hast mir nicht geantwortet. Du schliefst. Ohne es zu merken, hast du mich schließlich in deinen Schlaf mitgenommen.

Die Frau streicht sich lange, mehrmals mit der Hand über die Stirn. Ihre Augen sind so verquollen, dass die Lider bis zum Zerreißen gespannt sind. An dieser Stelle des Gesichtes ist die Haut sehr dünn.

Ich schlage die Augen nieder. Ich fliehe vor ihr. Ich sehe wieder auf. Ich begegne deinen Augen. Ich begegne ihnen in den Augen dieser Frau. Ich fixiere sie. Ich glaube, ich lächle sie an, und da hört die Frau auf, sich mit der Hand über die Stirn zu reiben, und sieht mich an. Sie lächelt mir traurig zu. Du lächelst mir durch sie hindurch zu. Mein Kollege rutscht auf seinem Stuhl. Er regt sich auf, wortlos. Sicher spürt er, dass etwas Ungewöhnliches geschieht. Er muss mein Lächeln gesehen haben. Er hat gemerkt, dass ich eben etwas getan habe, was wir uns verboten hatten.

«Du wirst doch nicht eines Tages mitten in der Sitzung ausrasten», hat er mir gestern an den Kopf geworfen, als ich ihm sagte, ich wolle keine *Hyäne* mehr sein.

Ich kann keinen Beruf mehr ausüben, der mich ständig mit Todesbotschaften konfrontiert. Ein Beruf, der mich zwingt, am geheimsten Innenleben der Menschen teilzuhaben, nämlich an ihrem Schmerz. Seit Jahren schon schaue ich den Tränen zu. Tränen verschleißen die Haut schneller als Schleifpapier, sie röten die Augen, zerfurchen die Wangen, bis sie, nach ein oder zwei Stunden, ganz zerstört und eingekerbt sind, bis die Gesichtszüge anschwellen und zum Erbarmen hässlich geworden sind. Ich kann meine Tage nicht mehr mit den Tränen der anderen und die Nächte mit meinen eigenen Tränen verbringen.

Wir lassen sie weinen. Solange sie wollen. Das ist unsere Regel. Ein Artikel unserer Berufsethik. Denn wir haben unsere Ethik. Du wirst sehen, jeder hat seine Ethik, alle Berufe, sogar die schlimmsten – vor allem die schlimmsten. Die Moral ist tot, aber man hat eine neue Seele erfunden, die Ethik: Sie ist kurzlebiger, flüchtiger, moderner und eindrucksvoller.

Bei einigen *Patienten* kann es manchmal stundenlang dauern, und wir bleiben ihnen gegenüber sitzen, ohne ein Wort der Beruhigung oder das geringste Anzeichen der Ungeduld. Andere hören nach fünf Minuten auf. Wieder andere weinen gar nicht. Nie. Das will nichts heißen, Tränen sagen nichts über die Stärke des Leids oder des Schmerzes aus. Vor einigen Tagen aßen wir unseren Nachtisch – «schmeck nicht, Papa, schmeck nicht» –, als auf dem Bildschirm eine Sängerin in heftiges Schluchzen ausbrach, weil der

Moderator des Unterhaltungsmagazins ihr eine Überraschung bereitet hat: Er hatte dafür gesorgt, dass der Lieblingspudel der Sängerin, den sie in New York zurückgelassen hatte, eingeflogen wurde mit der *Concorde*, wie er ausführte. Als sie das Tier streichelte, konnte sie ihre Tränen nicht zurückhalten. Du wolltest deinen Nachtisch nicht essen. Du hast mir den kleinen Hund gezeigt und getan, als würdest du bellen. Das Publikum hörte nicht auf zu klatschen. Einige Frauen, «wilde» oder «gezüchtete», trockneten sich die Augen.

Wahres Leid hat nicht immer nahe am Wasser gebaut.

Ich habe keine einzige Träne vergossen, als man mir den Tod deiner Mutter mitteilte. Keine einzige. In jenem Augenblick gab es in mir nichts Lebendiges mehr, das den leisesten Ton, das schwächste Seufzen, das kleinste Weinen hätte hervorbringen können. Ich hatte das Gefühl, als würde sich alles vor mir zurückziehen, einem Ozean gleich, der beschlossen hätte, in seine eigenen Tiefe abzufließen und zu verschwinden. Aber ich bin kein Vorbild.

Ich bin eine *Hyäne*, das widert mich an. Ich will sterben, ich wollte sterben, ich weiß es nicht mehr genau, und auch das widert mich an.

Mein Kollege wird ungeduldig, wirft mir einen Blick zu, gibt mir ein fragendes Zeichen mit dem Kinn. Nach und nach verliert er die Ruhe, die er wiedererlangt hatte. Er spürt, dass sich im Augenblick etwas Ungewöhnliches ereignet, in mir, zwischen dieser Frau und mir. Ich kann ihn nicht täuschen, er ist ein Profi. Ich sehe ihn nicht an, aber ich sehe ihn. Ich antworte nicht.

Die Frau sieht mich weiter an, lächelt mir manchmal zu. Sie findet die Kraft, mich anzulächeln, obwohl sie so weit von mir entfernt ist. Es ist jetzt etwa zwei Stunden her, dass wir ihr den Tod ihrer Tochter mitgeteilt haben. Sie ist ins Krankenhaus gekommen, nachdem sie auf unseren Anruf hin ihre Arbeitsstelle verlassen hatte. Wir haben ihr gesagt, ihre Tochter habe vor kurzem einen Unfall gehabt. Wir werden nie deutlicher. Die Leute müssen alle Stadien durchlaufen, sie müssen alle Möglichkeiten ins Auge fassen, damit wir ihnen, wenn wir sie sehen, die Todesbotschaft überbringen können und sie den Tod dann für eine annehmbare Lösung halten, vielleicht sogar weniger erschreckend als manche andere, die sie seit dem Moment, da sie das Telefon aufgelegt haben, bis zu ihrer Ankunft im *Beichtstuhl* ins Auge gefasst, wieder verworfen, sich erneut vorgestellt haben. Ja, schließlich empfinden sie den Tod als Erleichterung, ihre Furcht kehrt sich auf seltsame Weise in Befriedigung um, in die Bestätigung ihrer schwärzesten Vermutung: «Ich wusste es», «Ich habe es sofort gespürt», «Noch bevor ich den Telefonhörer abnahm, habe ich geahnt, was geschehen ist» usw.

Ich kann nicht mehr weitermachen. Ich gebe auf.

Eben, nach dem Mittagessen, habe ich versucht, es meinem Kollegen zu sagen, aber er hätte es nicht verstanden. Er war wütend. Er starrte das Telefon an. Er blätterte in seiner Zeitschrift. Er stand kurz vor dem Explodieren, war drauf und dran, mir ins Gesicht zu springen, wegen des Elektrikers und wegen des ganzen Hasses, den er seit Wochen gegen mich aufstaut, seitdem ich angefangen habe, ihm gewisse Dinge zu sagen. Aber plötzlich brach er in Gelächter aus. Er hob die Augen, sah mich an, vertiefte sich in seine Zeitschrift, lachte wieder:

«Guck mal, das ist ja noch schärfer als die Unterhose von Bigard!»

Es war eine Werbung, auf der man die traurigen Gesichter zweier Komiker sieht, die sich «Die Ritter der Boshaftigkeit» nennen und die im *Casino de Paris* auftreten. Als einziger Hinweis, der sich auf ihre Darbietung bezieht, findet sich auf der Seite der Spruch: «ZUM PISSEN KOMISCH», alles in Großbuchstaben, und ein weiteres Foto neben dem der beiden Komiker zeigt eine Sitzreihe im Theater: An der Armlehne jedes Sitzes ist ein Duftstein für WC-Schüsseln befestigt.

«Na, was sagst du dazu? Ist das nicht noch schärfer als Bigards Unterhose, oder was? Ich war sicher, es würde dir gefallen … Sie geben auch *volles Rohr*!»

Kommentarlos habe ich ihm die Zeitschrift zurückgegeben.

«Ach ja, apropos Bigard», fing er wieder an, «also gestern im Fernsehen hat er gesagt, das Foto von der Unterhose, das man überall in der Metro sieht, also das wäre seine eigene Unterhose, die Eier, die man sieht, sind seine eigenen Eier, und der Pimmel ist sein eigener Pimmel! Hat er gesagt! Verrückt, was? Immerhin sieht sein Schwanz nicht gerade riesig aus, findest du nicht?»

In diesem Augenblick hat das Telefon geklingelt. Es war genau 15.02 Uhr. Ich hob ab, um zu flüchten. Hob ab, ohne nachzudenken. Ich nahm sogar an, ich würde deine leise Stimme hören, so wie sie klingt, wenn ich mit der Babysitterin telefoniere und sie frage, ob alles in Ordnung ist. Du weißt, dass ich es bin, der anruft. Du nimmst ihr den Hörer aus der Hand, und ich höre dich: «Papa? Papa? *Gutag*, Papa, *Gutag*!»

Es war nicht deine Stimme. Es war die Stimme der Frau, die wir in unserem Jargon die Sirene nennen. Ich kenne sie nicht. Ich habe nie ihr Gesicht gesehen. Für mich ist sie nichts weiter als eine neutrale Stimme, die Namen, Uhrzeiten, Telefonnummern herunterbetet. Für mich ist sie die Stimme des Todes. Ich will sie nicht mehr hören. Ich will nicht, dass du sie hörst.

Mein Kollege sah mich an und rieb sich die Hände vor Freude, endlich wieder einen *Patienten* zu bekommen. Ich schaltete den Lautsprecher ein, damit er sämtliche Angaben notieren konnte. Wir haben eine Akte angelegt, die Uhrzeit und die Nummer 6545 eingetragen. Dann griff ich wieder zum Telefon. Ich wählte die Nummer der Galeries Lafayette und fragte in der Zentrale nach der Parfümerieabteilung. Ich hatte nicht gleich die Frau am Apparat, die mir jetzt gegenübersitzt, während mein Kollege immer mehr Anzeichen von Gereiztheit zeigt, auf seinem Stuhl herumrutscht, ständig auf die Wanduhr sieht, dann uns beide, die Frau und mich, mustert, und nicht versteht, was vor sich geht.

Eben hat sie ihren Arm gehoben, in meine Richtung gezeigt, als wollte sie mich berühren, dann hat sie den Arm langsam wieder fallen lassen. Sie lächelt mich an, mit ihrem erschöpften, schmerzgetränkten Lächeln.

Eine andere Verkäuferin nahm das Gespräch an. Sie holte rasch die Person, nach der ich gefragt hatte. Ich hatte mich nicht vorgestellt. Der irgendwo abgelegte Telefonhörer übermittelte die Geräusche des Kaufhauses, die Durchsagen, das Lachen der Kunden. Die Frau traf ein, sagte «Ja, bitte», mit einer Stimme, die mir glücklich, wenn auch etwas erstaunt vorkam. Sie sagte nur diese zwei Worte: «Ja, bitte.» Ich ließ ihr keine Zeit für weitere Worte. Ich sagte ihr, was wir immer sagen. Sagte den unumstößlichen Spruch. Ich habe ihr gesagt, ihre Tochter habe einen schweren Unfall gehabt und sie müsse so schnell wie möglich kommen. Ich habe ihr die Adresse des Krankenhauses, die Etagennummer sowie die Nummer unseres Büros gegeben. Dann habe ich wieder aufgelegt.

«Der Fisch hat angebissen», sagte mein Kollege und rieb sich dabei die Hände. Das sagt er immer. Aber seine auch sonst schon unerträglichen Worte erschienen mir diesmal noch schlimmer. Am liebsten hätte ich ihn geohrfeigt.

«Ich fing gerade an, mich ernsthaft zu langweilen. Na gut, von jetzt an bis zu ihrem Eintreffen dauert es noch mindestens eine Dreiviertelstunde, das gibt uns noch etwas Zeit.»

Zeit für einen Kaffee, seinen siebten seit heute Morgen. Ich hatte sie gezählt. Er begann zu pfeifen und griff wieder nach seiner Zeitschrift. Ich dachte an die Frau, die zu uns kommen würde. Ich wusste, was sie gerade fühlte. Es kam mir vor, als würde ich es selbst wieder erleben. Das Gesicht deiner Mutter war eng an mein Gesicht geschmiegt, auch dein Gesicht, das ich, wie ich in diesem Augenblick noch meinte, verlieren würde, das ich verlassen würde. Jetzt weiß ich nicht mehr weiter. Ich sehe die Frau auf dem Stuhl. Ich weiß nichts mehr.

Mein Kollege las in der Zeitschrift.

«Und hast du das gesehen! Warte, ich les es dir vor», sagte er, trank seinen Kaffee, kratzte sich in der Hodengegend und warf dabei von Zeit zu Zeit einen Blick auf das Foto seiner Frau im Stringtanga.

Er hat mir den Artikel vorgelesen, ohne mir das kleinste Wort zu ersparen, er betonte sogar einzelne Worte und hob sie hervor, als er das Abscheuliche sagte.

Die Meldung unter «Vermischtes» berichtete vom Prozess gegen einen Mann, der zwei Jahre lang die Frau, die er zu lieben vorgab, gequält hatte. Dieser Mann hatte die Frau, die er liebte, mit Schlägen und Worten, die wie Ohrfeigen knallten, in einen Abgrund der Erniedrigung und fortgesetzter Misshandlung hinabgezogen, bis diese Frau für ihn weniger als eine Sklavin oder ein Ding war, «ein Putzlumpen», wie sie es selbst im Prozess nannte. Weiter hat sie ausgesagt, am Ende habe er erreicht, dass sie sich selbst verabscheute, dass sie sich selbst anwiderte, dass sie «ein Nichts» geworden sei. Der Mann verteidigte sich, indem er sagte, vielleicht sei er ja «gemein gewesen», er sei vielleicht «zu impulsiv», er hätte es wahrscheinlich nicht tun sollen, aber das alles habe er aus Liebe getan. Und ebenfalls aus Liebe hatte er mit Hilfe einer glühenden Zigarette mehrfach die Schamlippen der Frau, die er liebte, also ihren lebendigsten und empfindlichsten Körperteil, verbrannt, und diese Frau hatte den Mut gehabt, es mit lauter Stimme im Gerichtssaal zu sagen, vor einem Publikum, das durch irgendwelche gerechtfertigten oder niedrigen Beweggründe dorthin gelockt worden war, und sie sagte über diese Verbrennungen in ihrer einfachen, erschütterten Sprache: «Er hat mich entstellt, *von da aus*. Ich habe mich selbst nicht mehr erkannt. Ich war tot.» Der Anwalt des Opfers sagte dazu, der Gipfel des Grauens sei erreicht worden, als der Henker das verbrannte, was dieser Anwalt den «Hort der Weiblichkeit» nannte, ohne sich klar zu machen, dass er durch diese ein wenig lächerliche Bezeichnung das Verbrechen verharmloste, es zu etwas einfach nur Chauvinistischem machte, das zwar schrecklich, aber eben nur schrecklich und sexistisch war; dabei war diese Folter, diese Abscheulichkeit nichts anderes als ein Anschlag auf den Ursprung der Welt.

«Verrückt!», hat mein Kollege gesagt, als er mit Vorlesen fertig war. Aber an dem Vergnügen, das er empfunden hatte, als er mir diese Geschichte vorlas, an der Tatsache, dass er sich nicht davon lösen konnte, dass er immer wieder auf jene Zeilen zurückkam und sie immer wieder laut vorlas, in denen von den Verbrennungen am Geschlecht der Frau die Rede war, erkannte ich, dass so etwas ihn faszinierte, dass er sich vorstellte, wie das wohl *wirklich* sein mochte, und dass er wahrscheinlich enttäuscht war, weil es keine Bilder gab, denn er war ein großer Liebhaber der Bilder, der Großaufnahmen, der Fotografien von Verbrennungen und – warum nicht? – auch der Fotografien des Folterknechts, der gerade das Geschlecht seines Opfers verbrennt.

Das alles fehlte meinem Kollegen. Ebenso hatte ihm auch vor zwei Tagen das Bild des Leichnams von Corinne Caillaux gefehlt, obwohl *Paris Match* ganzseitig das Foto der Zugtoilette zeigte, in der sie mit vierzehn Messerstichen getötet worden war.

Lange hatte mein Kollege alle blutigen Schlieren, Spritzer, Flecken an den Wänden der engen Kabine und die Blutlachen auf dem Boden begutachtet, diese Pfützen, durch die jemand gegangen war und die sich daraufhin verteilt, verschmiert hatten, all die Spuren, anhand deren man – aber wozu? – das Grauen, die Schreie, die Gegenwehr des Opfers, das Spritzen des Blutes, den Sturz des Körpers rekonstruieren konnte. Auf der WC-Schüssel lag noch ein Plastikhandschuh, den wohl ein Beamter der Spurensicherung dort vergessen hatte, und ich hatte diesen Plastikhandschuh zunächst für ein Präservativ gehalten. Eigentlich war er auch ein Präservativ der besonderen Art, das vor dem Tod schützte, das das Blut und sein Schweigen auf die andere Seite einer feinen Schicht aus Gummi zurückdrängte, aber nicht verhindern konnte, dass dieses Blut täglich Millionen von Lesern zum Fraß vorgeworfen wurde.

Das alles schrie ich hinaus wie ein Verrückter. Ich habe es ihm aus zwei Zentimeter Entfernung ins Gesicht gebrüllt. Und ich war noch nicht fertig. Während er mich, Zeitschrift und Kaffeebecher in den Händen, verdutzt ansah, sagte ich ihm, bald werde nichts mehr übrig sein, ich würde das Andenken sämtlicher Toten mit mir nehmen, natürlich angefangen mit deiner Mutter, aber auch die vielen anderen, deren Gesichter oder Namen ich nicht loswerden kann und die eine lange, jeden Tag ins Unermessliche wachsende Reihe bilden, eine Reihe, die immer länger wird, während ich die Fernsehnachrichten sehe, die Radiosender höre, die unablässig aus Lautsprechern in den Geschäften oder auf den Straßen dröhnen, gegen meinen Willen die Zeitungen, Zeitschriften, Magazine lese, die mir allerorten von den Kiosken, den Zeitschriftenläden, meinen Nachbarn in der Metro, meinem Kollegen unter die Nase gehalten werden, weshalb ich, selbst wenn ich es wollte, ja, es mehr als alles andere wünschte, den massenhaft Toten, die die Welt mir jeden Morgen wie ein zuverlässiger, pünktlicher, niemals kranker Milchmann liefere, nicht entgehen könne, genauso wenig, wie ich den vielen interessanten Details über Todeskämpfe, Blutflecken, amputierte, abgerissene Gliedmaßen, Schläge, Einschnitte, Gewehrsalven, die Menschen niederstreckten, entfliehen könne. Und ich schrie ihm ins Ohr, er sei nur Abschaum, ein Schwein, er lese das alles, aber eigentlich wolle er vor Ort sein, liebend gerne hätte er das Geschlecht dieser Frau verbrannt, zugesehen, wie es gemacht wurde, ihre flehenden Schreie gehört, den Geruch des Fleisches unter der Zigarettenglut gerochen, er wäre am liebsten hinter der Tür der Zugtoilette gestanden, während Sid Ahmed Rezala, der vermutliche Mörder, eben dabei war, Corinne Caillaux niederzustechen, er sei das letzte Stück Dreck, wegen Leuten wie ihm würden wir alle krepieren, er habe einen Beruf für Schweine, den er auch noch gerne ausübe, er sei einfach nur widerwärtig.

Er sprang auf wie ein Teufel, beschimpfte mich als «Penner» und griff nach seinem Stuhl, um mich zu schlagen. Genau in diesem Moment hat eine Hand leise an die Tür geklopft: drei kurze, ängstliche Schläge. Die Hand der Frau, die mir gegenübersitzt. Die Augen meines Kollegen waren hasserfüllt. Einen Moment hielt er den Stuhl hoch in der Luft, dann setzte er ihn wieder ab. Er hat kein Wort gesagt. Er hat die Frau hereingelassen.

Er ist ein Profi. Sofort hatte er seine Automatismen wieder im Griff. Die Frau sah uns an, in Panik. Sie ahnte nicht, was zwischen uns vorgefallen war. Ich überbrachte die Nachricht vom Tod ihrer Tochter, während sie noch stand und kein Wort gesagt hatte. Ich wollte nicht, dass mein Kollege es sagte. Ich wollte ihm nicht das Vergnügen lassen, sich an mir zu rächen, indem er sich an ihr rächte.

Sie hat aufgehört zu weinen. Immer noch spielt ein sanftes Lächeln um ihre Lippen, wie bei der Heiligen Jungfrau. In langen, eigenartigen Minuten erlebt sie einige schöne Stunden mit ihrer Tochter wieder. Immer noch hält sie ein Taschentuch in der Hand, das sie aber nicht mehr verdreht, als wollte sie es erwürgen, sondern das sie streichelt, als streichelte sie das Gesicht ihrer Tochter.

Im *Beichtstuhl* ist es dämmerig geworden. Wir sind nun schon sehr lange hier, zu dritt, ohne zu sprechen, wartend. Mit einer nervösen Bewegung hat mein Kollege die Hand zur Wand ausgestreckt und das Licht angeschaltet. Die Frau hat nur leicht die Augen zusammengekniffen. Dann hat sie mich angesehen. Sie hat nicht meinen Kollegen angesehen. Sie hat mich angesehen, mich angelächelt. Du hast mich angelächelt.

Jetzt musst du von deinem Spaziergang zurück sein. Sicher nimmst du gerade dein Bad. Plötzlich möchte ich bei dir sein, möchte deine kleinen Schenkel mit den prallen Wülsten sehen, deinen Nabel, den du für etwas ganz Besonderes hältst und auf den ich meinen Finger lege und sage: «Ein hübsches kleines Knopfloch», worauf du in bereits gespieltem Zorn sagst: «Anfass nein, Papa, anfass nein!» Und lachst.

Heute Morgen habe ich der Babysitterin gesagt, sie solle mit dir nach dem Mittagsschlaf zur Place des Vosges spazieren gehen, auch wenn sie nicht in unserem Viertel liegt, weit von unserer Wohnung entfernt ist. Dort lebt für mich die deutlichste Erinnerung an deine Mutter, an den ersten echten Kuss, den sie mir gegeben hat.

Die Babysitterin sagte zu mir: «Wo soll das sein? Kenn ich nicht, ist doch voll am Arsch, wir skaten da nie hin!», und ich musste ihr den Weg erklären, «Yo, Mann, nur *machen Sie 'nen Plan*, denn letztes Mal hab ich mich *total* verirrt mit Ihren *bescheuerten* Erklärungen», und dann musste ich ihr empfehlen, wie sie dich kleiden sollte, nicht zu warm und nicht zu leicht, und dass sie dir deine Fäustlinge anziehen sollte, auch wenn sie noch viel zu groß für dich sind.

Wahrscheinlich seid ihr beide aufgebrochen, als diese Frau bereits vor mir saß und den Tod ihrer Tochter beweinte.

Bestimmt hat die Babysitterin gemeckert. Sie hat ihre Kopfhörer aufgesetzt, ist in ihre Musik eingetaucht: «nn-tis, nn-tis, nn-tis» und hat sofort zwanghaft den Kopf vor und zurück gewiegt, wodurch sie in diesen Augenblicken aussieht wie eine große Ölpumpe, einer dieser riesigen mechanischen Arme, die ständig dieselbe Bewegung ausführen, während sie, eine neben der anderen, in den weiten Ebenen der Vereinigten Staaten Öl saugen.

Sie hat dich angezogen, ohne ihre Musik und ihre maschinenhafte Bewegung zu unterbrechen, dann hat sie den Kinderwagen genommen. Ihr seid hinausgegangen. Ich sehe deine riesigen Fäustlinge, die viel zu groß für dich sind und mit denen du mir manchmal auf Wiedersehen winkst. Auf Wiedersehen.

Die Frau sieht mich an und lächelt mich an, wie du mich manchmal anlächelst, wenn du mich zurückkehren siehst, ruhig und sanftmütig, voll der Gewissheit, dass alles in Ordnung kommt. Aber plötzlich hört sie auf zu lächeln, sieht meinen Kollegen an.

Jetzt hat er seinen Stift auf den Tisch knallen lassen. Sein Gesicht ist angespannt, seine Hände sind verkrampft. Er hält das Formular in den Händen wie ein Versicherungsvertreter, mit dem Unterschied, dass das, was er verkaufen will, alles andere als eine Versicherung ist, oder aber doch, es ist eine Versicherung, aber für andere Leute, nämlich dass sie noch ein bisschen weitermachen und noch ein paar mehr Jahre abspulen können, mit der Gier nach Leben, dem Hass auf das Leben und der Gemeinheit, die damit verbunden sind. Ich spüre, dass er die ersten Worte sagen wird. Ich spüre es. Und es widert mich an. Er ist eine *Hyäne*. Ich will keine mehr sein. Ich bin keine mehr. Ich will wieder zu dir zurück. Das weiß ich jetzt.

Die Frau öffnet halb ihre Lippen und sieht ihn an, als risse er sie plötzlich aus einem

Zustand der Gefühllosigkeit heraus. Erneut malt sich der Tod auf ihr Gesicht. Sie lächelt nicht mehr. Aufs Neue, erst jetzt wirklich, hat sie die Gewissheit, dass ihre siebzehnjährige Tochter, der sie heute Morgen gedankenlos «Auf Wiedersehen» gesagt hat, der sie «Auf Wiedersehen» gesagt hat, wie man es tut, wenn man mitten im Leben steht, nur an das Leben denkt, sich nicht vorstellt, dass man es eines Tages wird aufgeben müssen – erst jetzt weiß sie, dass ihre Tochter tot ist.

«Möchten Sie, dass wir den Leichnam ansehen?», hat mein Kollege eben gesagt.

Es sind die ersten Worte. Immer dieselben, ganz gleich, welche Person uns gegenübersitzt. Danach muss man nur noch seine Schäfchen ins Trockene bringen. Mal sagt er diese Worte, mal ich. Heute kann ich nichts sagen. Ich will nichts mehr sagen.

In diesen Augenblicken ist die Sprache meines Kollegen immer von allem Schmutz gereinigt. Sein anderes Selbst spricht, ein makelloser, ehrbarer, teuflisch menschlicher Mann. Ich höre ihn, als käme seine Stimme hinter den Wänden eines Aquariums hervor. Zum ersten Mal bekommt der Tod einen Namen, auch wenn sein Anblick noch irreal bleibt. Mein Kollege wiederholt den Satz entschiedener, beherrscht den Zorn, den ich bei ihm spüre, denn ich kenne ihn sehr gut, habe viele Jahre mit ihm zusammengearbeitet und ihn ertragen.

Die Frau zittert. Sie hält sich an mir fest, versucht in mir, all das wiederzufinden, was ich verloren geglaubt hatte, was sie mir erst vor kurzem wieder zu Bewusstsein gebracht hat.

«Wollen Sie, dass wir hingehen und den Leichnam ansehen?»

Sie sieht mich an, weiß nicht, was sie sagen soll, gerät in Verzweiflung durch den Ansturm dieser Worte, die ihr unverblümt die Wahrheit des Todes derjenigen vor Augen stellen, die sie heute Morgen hat gehen sehen, nachdem sie ihr mit zerstreuter, alltäglicher Miene einen guten Tag gewünscht hat.

Ihre Tochter ist tot, Madame, jetzt weinen Sie bereits mehrere Stunden lang vor unseren Augen, aber zum ersten Mal sage ich es Ihnen wirklich, Ihre Tochter ist *wirklich* tot. Sie ist heute um 14.23 Uhr gestorben, auf der Höhe der Hausnummer 118, Boulevard des Italiens, 38 Minuten nachdem ein Auto sie mit voller Wucht angefahren und gegen die Bordsteinkante geschleudert hat. Die Ärzte konnten nichts mehr für sie tun. Ihr Schädel war in zwei Teile gespalten. Als der Rettungswagen eintraf, lag sie bereits in tiefem Koma. Sie ist während des Transports zum Krankenhaus gestorben.

«Wollen Sie, dass wir hingehen und den Leichnam ansehen?»

«Hören Sie nicht auf ihn, Madame, er ist eine *Hyäne*. Er ist nicht da, um Ihnen Ihre Tochter zurückzugeben, er soll sie Ihnen noch mehr nehmen. Er braucht sie. Er braucht sie, um andere Leben zu retten, die …, nein, nicht einmal mehr an einem Faden hängen, sondern nur noch an einem Klingeln, dem Klingeln eines Telefons, das irgendwo läuten wird und bedeutet: Machen Sie sich fertig, packen Sie Ihren Koffer, nehmen Sie nur das Nötigste mit, denn das, worauf Sie seit zwei Jahren warten, ist eingetreten, Sie haben Glück gehabt, es ist jemand gestorben, ja, ein siebzehnjähriges Mädchen, bei voller Gesundheit, man bietet Ihnen einen ihrer Lungenflügel an, oder aber ihre Leber, ihr Herz, ihre Nieren; und am anderen Ende der Leitung gibt es sicher Lachen, Umarmungen, Küsse, große Hoffnung. Das ist es, was er vorhat: Er will Ihre Tochter zerstückeln, aber das hat er Ihnen noch nicht gesagt, er schleicht um den heißen Brei herum, er hat gewartet, bis Sie reif sind, und jetzt hat das Schwein es auf einmal eilig, denn in einer Dreiviertelstunde beginnt sein Spiel im Parc des Princes, und er muss sich noch umziehen, seine Verkleidung, seine blaue Perücke überstreifen, damit er herumpöbeln und Bier trinken kann, deshalb hat er keine Zeit mehr, Sie sollen das Formular, das er in der Hand hält, schleunigst unterschreiben, denn damit kann er veranlassen, dass Ihre Tochter ausgeschlachtet wird wie ein Autowrack, dass alle Teile, die in gutem Zustand sind, sämtliche Teile in gutem Zustand, entnommen werden können, manche werden sofort benötigt, werden sozusagen an Ort und Stelle verbraucht, andere werden, tiefgefroren, weit weg gebracht, um erst später ihren Zweck zu erfüllen, die Chirurgen werden nichts verschmähen, sie sind sehr gewissenhaft, sie nehmen die Hornhaut, die Haut, die Muskeln, die Sehnen, und ich, der ich Ihnen das alles sage, ich bin ein noch größeres Schwein als er, denn bis vor kurzem hatte ich es genauso eilig wie er, dass das hier zu Ende ginge, dass Sie endlich unterschrieben, aber nicht, um mit ihm ins Parc des Princes zu gehen und zu grölen, sondern um mir, wie ich es heute Morgen beschlossen hatte, die Pulsadern aufzuschneiden, um Schluss zu machen, Schluss zu machen mit ihm, mit allen anderen, aber jetzt, da ich Sie gesehen habe, weiß ich es nicht mehr, ich bin mir nicht mehr sicher, Sie haben Ihre Tochter verloren, sie ist tot, und ich wollte auf ewig für die meine sterben, ich wollte sie wegen eines Gespenstes, einer Erinnerung, wegen Abscheu und Müdigkeit im Stich lassen, obwohl sie erst einundzwanzig Monate alt ist, sie sieht ihrer Mutter zu ähnlich, sie ist so schön, so lebendig, und Ihre Tochter ist gerade gestorben, und wenn Sie mich ansehen, kommt es mir vor, als sähe meine Tochter mich an, als hätte ich nicht das Recht, sie – und Sie auch – mit ihm allein zurückzulassen, mit Leuten wie ihm, er wird Ihre Tochter auseinander schneiden, er wird sie an alle verteilen, er ist eine *Hyäne* mit Sinn fürs Teilen, mit Sinn für die Familie und die Meute, er wird ihre Organe verteilen, und Sie können sich sagen, diese Organe werden manchem Todgeweihten zum Glück gereichen, dank Ihrer Tochter werden Schweine, aber auch Heilige, Schöne und Hässliche, Schwarze und Weiße länger leben können, Sie können sich sagen, dass jemand, der bisher noch nicht getötet hat, endlich wird töten können, weil er jetzt noch einige schöne, hasserfüllte Jahre vor sich hat, Sie können sich aber auch sagen, dass jemand, der Gutes tun wollte und es nicht konnte, weil er zu schwach war, es dank Ihnen, dank des Leichnams Ihrer Tochter wird tun können, sagen Sie sich, dass die Welt sich weiterdrehen wird, ohne Ihre Tochter, aber dank Ihrer Tochter, und er wird sie Ihnen wiedergeben, das Schwein, seien Sie ganz beruhigt, er wird Ihnen wiedergeben, was übrig bleibt, und er wird es präsentabel herrichten, das, was er Ihnen wiedergibt, er ist für die Menschenwürde: Vor und nach dem Tod, auf den Stadiontribünen, auf den Straßen und in den Zeitschriften, Sie brauchen nichts zu befürchten, er verehrt die Bilder, Ihre Tochter wird nicht aussehen wie einer jener grob zusammengeflickten Kadaver, die ihn einmal, als er sie auf Fotos sah, so sehr fasziniert haben, sein Faden ist aus Seide, nie nimmt er einen aus Stahl …»

Ich kann nicht mehr weitersprechen. Mein Kollege schlägt unablässig auf mich ein, mit einem Regal, das er aus der Wand gerissen hat, mit seinem Stuhl, mit allem, was er finden kann: einem Kristallaschenbecher, der kleinen Kaffeemaschine, dem Keramikübertopf für den Kaktus.

Während ich unaufhörlich sprach, sah die Frau mich mit geröteten Augen, das Gesicht schmerzlich verzerrt, zunächst erstaunt, dann erschrocken, schließlich entsetzt an. Sie flüchtete in eine Zimmerecke, kniete sich hin, als ich unter den Schlägen zusammenbrach. Sie nahm ihren Kopf zwischen die

Hände, hielt sich die Ohren zu und schrie angesichts der Bilder, die ich vor ihren geschlossenen Augen vorüberziehen ließ. Dann ist sie endlich verstummt, hat ihre Augen wieder geöffnet, die genauso dunkel sind wie deine.

Mein Kollege schlägt zu. Er rackert sich ab. Er gibt *volles Rohr.* Ich spüre nichts. Er genießt es. Endlich erlebt er die Bilder, die er so oft betrachtet hat, ist mitten in einem dieser Bilder. Ich bemerke, dass die Frau stöhnt und zu ihm sagt, er solle aufhören. Ich sage ihr deinen Vornamen. Sage ihr, ich sei wie sie. Ich sage ihr, sie sei du.

Mein Kollege schreit, ich sei «der letzte Dreck, ein Arschloch, das nur an sich selbst denkt», er werde mich umbringen, ich würde alle meine Zähne ausspucken, ich zerstöre ihm alles, versaue seine Arbeit, ich solle mich schämen!

Vor meinen Augen fließt Blut. Mein Blut. Ich sehe das wutverzerrte Gesicht meines Kollegen durch einen roten Film hindurch, eine Art süß schmeckenden Vorhang. Ich spreche laut mit dir. Ich erzähle dir, was ich dir bisher nie gesagt habe. Ich erzähle dir von deiner Mutter. Und mein Kollege lässt nicht locker, er schlägt mit Fäusten, Füßen, Kopf, und Tropfen meines Blutes spritzen auf den Boden, auf die Wände.

Noch während ich dir von deiner Mutter, ihren Augen, dem Geruch ihrer Haut erzähle, denke ich, als ich mein Blut sehe, an das erste Mal, als du dein eigenes Blut gesehen hast, das aus der Spitze eines deiner kleinen Finger quoll, in den der Arzt mit einer dünnen Nadel gestochen hatte: Du hast gelächelt über diese rote Perle, die größer wurde, und gesagt: «Papa, rot, schön, Papa, schön!», als hättest du eine Blume gesehen, und ich beugte mich vor den Augen des verblüfften Arztes über dich und trank die Blutblume an der Spitze deines kleinen Fingers, du hast gelacht, und dann nahm ich dich bei der Hand, und wir gingen alle beide lachend aus dem Sprechzimmer des Arztes hinaus, der nichts begriffen hatte: Er wollte dein Blut, aber stattdessen war eine Farbe ans Tageslicht und in deinen Geist gekommen, eine aus deiner Haut geborene Blume.

Ich liege auf dem Boden. Ich halte die Augen weit offen. Ich will sie nicht schließen. Ich sehe die Frau an, die ihren Kopf zwischen die Hände presst und meinen Kollegen anfleht, er solle aufhören.

Ich denke an dich und erzähle dir laut von deiner Mutter. Du musst alles erfahren. Du musst es erfahren, obwohl er mich umbringen wird, obwohl ich nicht mehr sterben, sondern zu dir zurückwill.

Ich bin schon damals gestorben, zwei Tage nach deiner Geburt, als man mich anrief, um mir zu sagen, ich solle in die Klinik kommen, es sei etwas Schlimmes geschehen, man werde mir vor Ort Genaueres sagen, ich müsse sofort kommen.

Die Stimme war die einer *Hyäne,* aber einer anderen Art als die, zu der ich bis heute gehört habe, einer Art, die sich mit Telefonieren und Beobachten zufrieden gibt, die ihre Beute behalten und nicht aufteilen will – aber trotzdem eine *Hyäne*.

Ich habe die Stimme sofort erkannt. Ich war in unserer Wohnung. Bereitete dein Zimmer vor. Ich war gerade damit beschäftigt, ein gerahmtes Bild an die Wand zu hängen, auf dem zwei englische Mädchen mit einer Kornähre einen schlafenden kleinen Jungen necken. Deine Mutter hatte es einige Monate zuvor gekauft, als du noch in ihrem Bauch warst.

Ich wusste, dass eine von euch beiden gestorben war. Ich rannte durch die Stadt, obwohl es einfacher und schneller gewesen wäre, ein Taxi zu nehmen. Ich durchquerte rennend die Stadt, wie man einen Fluss mit Hochwasser durchquert, ohne zu wissen, was einen am anderen Ufer erwartet, falls man es überhaupt erreicht.

Ich stieß gegen Passanten und Mauern. Ich rannte so schnell, dass meine Bronchien fast verbrannten, ich spürte mein Herz, es klopfte, aber konnte nicht zerspringen. Ich wollte keine Wahl treffen zwischen euch beiden. Ich wollte der Wahrheit nicht näher kommen.

Hör mir zu, schrei nicht, lass ihn mich nur schlagen, das ist unwichtig, ich spüre nichts. Ich will nicht mehr fortgehen, sei beruhigt. Hör zu, damals wollte ich nie ankommen. Ich wollte die Welt so sehen, wie sie war, als ich euch beide noch in ihr wusste. Im Vorüberrasen, während des kurzen Laufes, versuchte ich, die Schönheiten dieses Augenblicks festzuhalten, den Schatten eines goldgefärbten Mauerstücks in der Nähe der Oper, einen Kuss, den sich zwei noch sehr junge Jugendliche neben dem gusseisernen Mast am Metroeingang Palais Royal gaben, das Lachen einer alten Frau auf der Rue de Rivoli, die mit sich selbst sprach und die Arme zu einem Walzer ohne Tanzpartner ausstreckte, Schönheiten, die mir bleiben würden als die letzten einer Welt, in der ihr beide in meinen Gedanken noch lebendig wart, ohne dass ich wählen konnte oder wusste, welche von euch gestorben war: du, zerknautscht und zart nach deinem Austritt aus der Nacht im Bauch deiner Mutter, du dunkelhaariges Tierchen, oder deine Mutter, meine Geliebte, die ungeheuer schön und friedlich aussah, die gerade das richtige Maß an Müdigkeit unter den Augen, Blässe und Schwindelgefühl hatte und deren Schläfen feucht waren von Schweiß, der nach Milch roch, deine Mutter, deren Haare auf dem weißen Laken in der Entbindungsstation ruhten und Trugbilder darauf zeichneten.

Ich höre eine Tür zuknallen. Ich glaube, dass die Schläge aufgehört haben. Ich bin nicht ganz sicher. Da sind Geräusche von Schritten, gedämpfte Worte, dumpfe Stöße. Die Stimme meines Kollegen klingt seltsam verzerrt.

Ich bemerke, dass du dich über mich beugst, aus der Höhe deiner einundzwanzig Monate: «Papa, *mein* Papa?» Du holst mich ab. Du streckst deine kleine Hand aus. Die Frau ist über mir. Ich sehe sie und denke an ihre Tochter, deren Gesicht ich nicht kennen gelernt habe. Du streichst mit deiner kleinen Hand über meine Stirn. Sie hebt mich hoch, gibt mir zu trinken, lässt Wasser über meine Lippen rinnen. Du führst mich wie ein Kind zu einem Stuhl, setzt mich hin, liebkost meine Wangen.

Mir scheint, dass die Frau, deren Tochter heute gestorben ist, nachdem sie auf der Höhe der Hausnummer 118, Boulevard des Italiens, von einem Auto überfahren wurde, mich lange umarmt. Du umarmst mich, wie eine Mutter ihr Kind umarmt, wenn sie es lange nicht gesehen hat und es endlich wiedergekommen ist, endlich wieder da ist, wenn in der Wiedersehensfreude noch das Leid mitschwingt, das es bedeutet hatte, ohne das Kind zu sein ... Ich weiß, dass ich wiederkommen werde. Ich muss leben, für dich. Das sagt mir diese Frau schon lange, ohne es zu wissen, ohne ein Wort. Sie gibt mir viel mehr, als ich ihr zurückgeben kann. Ich kann ihr ihre Tochter nicht zurückgeben. Du siehst mich an. Auch deine Mutter sieht mich an.

Ich verstehe, dass dir kalt ist, dass es dunkel ist, dass du um diese Zeit schon schläfst und dass du im Schlaf vielleicht an deinen Vater denkst.

Dank ihrer Augen, die sich nur wenige Zentimeter vor den meinen befinden, verstehe ich, dass ich sie nicht im Stich lassen kann, dass ich dich nicht verlassen kann, dich und deine Hände, die nicht breiter sind als zwei meiner Finger, deinen hellroten Mund, deine krummen Beine, deren Knie noch zu dick sind, dein Lächeln und deine Zerbrechlichkeit. Ich kann euch nicht allein in dieser Welt lassen. Ich versuche sie anzulächeln.

Ich möchte schlafen. Ich werde schlafen. Wie spät ist es jetzt wohl? Die Frau denkt an den Leichnam ihrer toten Tochter, und auch ich nähere mich ihrer Tochter, die kein Gesicht hat, die plötzlich dein Gesicht hat, in dessen Wärme ich eintauche. Du ziehst mich zu dir, ich muss noch mehr an dich glauben, trotz des Blutes, das noch immer fließt, muss an deine

Schönheit, deine Kraft, deine 9,34 Kilo glauben: «Nein, *mein* Papa, kein Hunger, kein Hunger, *mein* Papa.»

Nein, hör nicht auf, mich zu streicheln. Bitte, machen Sie weiter, machen Sie weiter, falls Sie mich noch hören. Ich muss aus meiner Einsamkeit heraus, ich muss deine Mutter für immer verlassen. Für dich muss ich wieder ein Mensch werden, ich darf kein Schatten, keine Klage mehr sein, muss endlich wirklich dein Vater werden, das Leben muss uns beide Hand in Hand führen, in all seiner Schönheit und Langsamkeit, ich muss dich führen, dir sagen, dass die vielen garstigen Männer, von denen ich dir erzählt habe, gestorben sein werden, wenn du zwanzig bist, dass es dann andere Männer geben wird und sie besser sein werden, weil du da bist, bestimmt besser, ich schwöre es dir, dass ich dir nur Angst eingejagt, mir Angst eingejagt habe, wenn ich so etwas erzählte, das ist alles, dass es nur ein Spiel war, ein dummes Spiel, ein Märchen, dass ich alles mit sämtlichen Namen, Handlungen, Gedanken und Worten nur erfunden habe, dass es nichts davon wirklich gibt, dass wir beide allein auf der Welt sind, dass du bald zwei Jahre alt sein wirst, «sweijah, sweijah, *mein* Papa», und dass ich dich beschützen, dir das bisschen Größe, das ich besitze, weitergeben muss und die Worte finden muss, dir alles zu sagen.

Hören Sie nicht auf, bitte. Sprechen Sie weiter mit mir, streicheln Sie meine Stirn. Wo bin ich eigentlich? Ich spüre, dass man mich wegträgt, komm näher zu mir, nein, noch näher, hör nicht auf, es geht mir gut, es geht mir besser, ich habe dir noch nicht alles gesagt, ich bin noch nicht fertig. Ich muss sehen, wie du größer wirst, ein Mädchen wirst, ein Mädchen, das mit siebzehn Jahren nach ihrer ersten Liebe seufzt, am Tag nach ihrer ersten Liebe weint. Du musst leben und ich muss leben. Später dann musst du sehen, wie ich alt, schwächer, gebückt werde, wie ich in der Zeit weiterschreite, durch die Jahre hindurch, bis ich ein sehr alter Herr bin, nein, bitte, legen Sie mich wieder hin, lassen Sie mich, ich muss zu Ende sprechen, muss fertig werden, ja, ein sehr alter Mann, und eines Tages, eines fernen Tages, sag nichts, eines Tages musst du meinen Tod beweinen, ja, du musst diesen Tod beweinen, aber nicht jetzt, da du ihn noch nicht beweinen kannst, da er dir nichts bedeuten würde; du musst diesen Tod später beweinen, viel später, sehr spät, weit in der Ferne, am Ende, ganz am Ende meines Lebens.

Aber nicht vorher.

Ich schließe die Augen.